双葉文庫

道後温泉 湯築屋❸

今宵、神様のお宿は月が綺麗ですね

田井ノエル

今宵、神様のお宿は月が綺麗ですね

目次

contents

シロ

稲荷神白夜命。
『湯築屋』のオーナー。

湯築《ゆづき》九十九《つくも》

道後の温泉旅館『湯築屋』の若女将。
稲荷神白夜命に仕える巫女で妻。

カランコロン。

古き温泉街に、お宿が一軒ありまして。

傷を癒やす神の湯とされる泉——松山道後《まつやまどうご》。この地の湯には、神の力を癒やす効果があるそうで。

そのお宿、見た目は木造平屋でそれなりに風情もあるが、地味。暖簾《のれん》には宿の名前である「湯築屋《ゆづきや》」とだけ。

しかしながら、このお宿。普通の人間は足を踏み入れることができないとか。

でも、暖簾を潜った客は、その意味をきっと理解するのです。

そこに宿泊することができるお客様であるならば。

そう。

このお宿に訪れるお客様は、神様なのだから。

蝶．宵歌に鬼集う

1

夏は、キィンと……かき氷。

炎天下に晒されながら行列を制した者に与えられる至福の味。

目の前のガラス皿に盛られているのは、ふわっふわの氷の山。その上には、ゴロゴロと果肉の入った桃のシロップ。

口に入れると想像通り、いや、想像以上の甘みを含んだ桃の味が広がった。もうシロップというよりは、桃の塊を食べているかのよう。

「ゆづのも美味しそう、ちょーだい」

九十九《つくも》が一口一口を大事に味わっていると、横からスプーンが伸びる。

「やだ……交換ならいいけど」

無遠慮な京《みやこ》のスプーンから逃げるように、九十九はかき氷の器を移動させた。京は隣で身を乗り出したまま、唇を尖らせる。「ぬぬぬ」と考え込んでいたが、やがて、「……ええよ、いちごあげる」とつぶやいた。条件を呑んだようだ。

交渉が成立したところで、九十九は京からいちごのかき氷を受けとる。果肉いっぱいのいちごシロップは甘いが、酸味も含んでいてなんとも言い表せない。

「朝倉《あさくら》の伊予《いよ》かんもちょうだい？」

味を占めた京が、小夜子《さよこ》にも声をかける。小夜子は予想していたとばかりに、かき氷の器を京のほうへ差し出した。

「うん、いいよ」

伊予かんは愛媛《えひめ》県で広く出回るみかんの品種だ。水分量が多く、濃い甘みを持つのが特長だった。薄皮を剥いて食べるので面倒臭がる人もいるが、こうやってかき氷のシロップとして加工されると、その旨味を存分に堪能できる。

京のあとに、九十九も伊予かんのかき氷を一口もらう。

深みのある濃厚な甘みが広がった。酸味はほとんどないが、口当たりが爽やかであとを引かない。嫌味がなくて、とても食べやすい。

伊予かんのよさが存分に活かされている。

桃も美味しいが、やっぱり、こっちにすればよかったなぁと惜しい気分にさせられる。

実は、とても迷っていたのだ。

「おいおい！　俺のことは無視するの？　俺も混ぜろっ！」

女子同士で楽しく「食べあいっこ」をしていると、九十九の斜め向かいから憤慨の声があがる。

クリッとした小動物のような目をつりあげて、将崇《まさたか》がグギギギと奥歯を噛んでいた。人懐っこい顔を悔しそうに歪める様は、本人に言うと怒ると思うが少し可愛げがある。

「……っていうか、けいぶは転校してきたときと性格変わったよな？」

「けいぶじゃない！　刑部《おさかべ》だっ！　お・さ・か・べ！　舐めんな！」

「おおさかべん？」

「お前、わざとだろ」

わざとなのか、天然なのかわからない京の煽りに乗って、将崇は丸っこい頬を膨らませた。しかし、自分の注文したイチジクのかき氷が溶けそうになっていたため、慌てて口にかき込む。

将崇はなんだかんだ、化け狸であると九十九に正体を明かしたあとも学校へ通っている。曰く、もう少し人間の暮らしを満喫したいのだとか。

あれから一緒に遊ぶこともあるが、変な術などはかけられていない。九十九のことを無理やり連れ去る気もないようだ。

ときどき、シロの使い魔と喧嘩するのを見かける程度だった。

「男子と間接キスは流石に御免だわぁ」

「べ、別にそんな……！　思ってないから！　間接キスとか……考えてないぞ！　俺は紳士だからな！」

反論しながら、将崇は露骨に九十九のほうへ視線を向けた。

九十九が何気なく首を傾げると、将崇は顔を真っ赤にして小さくなる。

「お前……じゃない、お前ら女子は危なっかしいからな！　俺がエスコートっていうものをしているんだ。女には優しくしろって、爺様《じじさま》もいつも言ってるからな！」

「わっかりやす」

「…………!?」

将崇の文言に京が嘆息する。

九十九はあいまいにやり過ごした。

最初は学校へ通い続ける将崇に戸惑ったが、今では友達が一人増えたと解釈している。にぎやかで、学校生活も楽しい。

今日は夏休みの補習授業。進学すると決めた以上、九十九は受験生だ。このくらいは受験生のたしなみだろう。

午前中で終わったので、みんなで息抜きがてら、かき氷を食べにきたというわけだ。大街道《おおかいどう》の人気店で、以前から行ってみたいと京や小夜子と話していた。

「小夜子ちゃん、今日は来る？」

京が将崇の相手をしている間に、九十九はそっと小夜子に問う。

「うん、もちろん」

小夜子は小声で言い、ニッコリ。

もちろん、湯築屋でのアルバイトの話だ。小夜子が従業員の仲間入りをして、もうそろそろ一年と少し経つ。

最初はおどおどしていたけれど、今ではすっかり湯築屋の一員だ。誰がどう見ても、立派な仲居さんである。

かき氷を食べ終わり、四人で道後行きの路面電車に乗る。

夏の行楽シーズンは観光客も増え、外国人の姿もあった。

やや密度の高い電車の吊革につかまって、外を眺める風景はいつもと変わらない。

一年前はこんな風にたくさんの友達と下校することもなかった。

日常だけれど、確実に変わっているものがある。

改めて考えると、なんだか新鮮でもあった。

「じゃあ、また来週の補習で！」

家路につく京たちと別れ、九十九と小夜子は湯築屋へ向かう。

セミの声が満ち、じりじりと陽射しが突き刺さる。黒いアスファルトも灼かれて、上からも下からも熱が襲ってきた。天然のオーブントースター状態である。

「暑いね、小夜子ちゃん……せっかく、かき氷食べたのに」

「うん……早く湯築屋に入ろ」

小夜子の言葉に九十九は全面的に同意した。

湯築屋の結界は季節や気温に左右されない。敷地内に入ってしまえば、この暑さから解放されるのは間違いなかった。

二人は伊佐爾波《いさにわ》神社へ続く、長くて緩やかな坂を早足で歩く。

しかし、湯築屋の外観が見える頃合いになって、突然、小夜子の足どりが重くなった。

「どうしたの？　小夜子ちゃん？」

とうとう立ち止まってしまった小夜子をふり返って、九十九は首を傾げた。

「あ、あの……その……」

小夜子は急に口ごもり、俯く。

九十九は不審に思い、湯築屋へ視線を戻す。

門の前に、誰かが立っていた。

こちらをじっと見ているのは、眼鏡をかけた男の人。

大学生くらいだろうか。白いTシャツとベージュの綿パンというシンプルな装いを着こなす細身の青年だ。

青年は腰に手を当て、黙ったままじっと九十九を――いや、小夜子を睨みつけていた。

とても威圧的な表情だと九十九は感じる。

「……お兄ちゃん……」

震える小夜子の口からこぼれた言葉に、九十九は目を瞬かせた。

お兄ちゃん、とは。

九十九は小夜子と、門の前に立った青年を見比べた。

たしかに、目元や口元など顔の造形が小夜子と重なるものがある……けれども、冷ややかな視線や、不機嫌に結ばれた唇から伝わる雰囲気は小夜子と似ても似つかない。

「ここでなにをしている、小夜子？」

静かに、そして、ゆっくりと発せられたセリフは、九十九でも驚くほど冷淡である。それがあふれ出す神気《しんき》にも由来すると気づいて、反射的に紺色の肌守りをつかんだ。

ピリリとした緊張感は独特で、神々《お客様たち》とは違った重さがある。

小夜子の兄の背後に揺らめくのは、神気と瘴気《しょうき》を併せ持った——鬼の影だった。小夜子には鬼使いとしての能力はほとんどない。だが、兄のほうからは飛び抜けて強いわけではないものの、確かに神気を感じる。

これが本来の鬼使いなのだ。

背後にひかえる鬼の影には、妙な威圧感がある。

「……お兄ちゃん、あのね……」

「お前は、鬼使いにはなれなかっただろう？」

小夜子の言葉を遮って、青年は突き放す。

彼の背後でうごめく鬼の影が大きく縦に伸びていく。

「牛鬼……！」

影の正体を悟って、九十九の背中に冷や汗が流れた。

牛鬼伝説は全国に存在する。

主に海岸に現れ、人を襲うことを好む鬼だとされていた。口から毒を吐き、人間を喰い殺すという。

ことに愛媛県南予宇和島《なんようわじま》に残る牛鬼伝説は有名だ。現在では巨大な牛鬼を模した台車《だし》を使用した夏祭りの象徴として親しまれている。が、本来は獰猛で危険な性質の鬼であった。

「思ったより……」
五、六メートルほどの巨躯《きょく》と長い首。凄味のある大きな口のお面で、牛鬼が九十九と小夜子を見下ろした。
こんなに強い鬼を使役するなんて……鬼が姿を現すまで、九十九はまったく予知できなかった。兄から感じられる神気と比例すると、ややアンバランスな気さえする。それだけ、牛鬼が上手く隠れていたということだろう。

これは、九十九が対処できる相手ではない。

「稲荷の巫女が伏して願い奉る《たてまつ》　闇を照らし、邪を退ける退魔の盾よ——」

九十九の持つ肌守りにはシロの髪の毛がおさめられている。巫女である九十九はシロの力の一部を借り受ける形で、簡単な術を使うことができた。

「九十九ちゃん！」

しかし、神気で盾を作ろうとするが、間に合わない。

「あ……！」

術が完成するより先に、牛鬼が長く伸びた影を伝って毒の瘴気を放っていた。瘴気を浴びてしまう。

九十九はギュッと両目を閉じた。

「——」

出遅れてしまった九十九の前に影が現れる。

影は一瞬で人の形——五色浜《ごしきはま》に棲まう平家の鬼、蝶姫《ちょうひめ》となった。般若《はんにゃ》の面の下は、怒りが表現されているように思える。

昨年の夏、蝶姫は五色浜で堕神《おちがみ》によって力を疲弊させられた。それ以来、湯築屋に療養目的で長期滞在していた。

現在は鬼の力もすっかりと取り戻し、ほとんど小夜子のアルバイトぶりを見守るために影に潜んでいるだけだ。

「────」

蝶姫は物言わぬまま、九十九と小夜子を守るように立つ。いや、言葉を発しているはずだが、九十九には聞き取れなかった。

鬼使いではない九十九には、シロの結界の外で鬼と会話するのは難しい。

「よくもまあ、儂《わし》の宿の前で……」

いつの間にか、九十九のすぐうしろにも気配。

人肌の熱をあまり感じられない腕が、九十九の肩を抱き寄せた。

「シロ様……！」

整いすぎた顔が九十九を覗き込む。

シロが結界の外へ出るための傀儡《くぐつ》だ。

鴉《からす》色の髪の下には、端麗な顔。シロを思い起こさせるが、どこか人形的。冷たいとまでは言わないが、人間味が薄い。

シロの傀儡は、九十九の頭にそっと手を置く。

ポニーテールを結うリボンに触れているのだ。そういえば、リボンにシロが加護を与えたことを思い出す。

このリボンのお陰で、シロは九十九の危険を察知したようだ。

「さて、どうしたものか」

シロの傀儡は九十九を自分の懐におさめながら、右掌を広げてみせた。牛鬼の強い毒気を含んだ瘴気が煙のように消えていく。あの一瞬で、牛鬼の瘴気を浄化したらしい。

使い魔などにはできない芸当だ。

きっと、結界の中にいる本物のシロであれば、瘴気を放つ前に鬼を無力化してしまうだろう。

湯築屋の結界でのシロはどんな神をも凌駕《りょうが》する。鬼など相手にならないはずだ。その強さ故に、シロは結界の外には出られないのだが。

「お前、それは――」

目の前に神の一柱であるシロの傀儡が現れたというのに、小夜子の兄の目線は一点に注がれていた。

「お前は鬼使いではないのに……」

小夜子を庇《かば》うように立ち塞がった蝶姫。

両者が睨みあう空気はピリリとした緊張感をはらむ。九十九は不安になり、シロの傀儡を見あげた。

「儂を無視しおって！」

「シロ様、今、そういうのいいです」

話がこじれそうなので、シロには黙ってもらいたい。

しかし、

――お前は、鬼使いにはなれなかっただろう？

――お前は鬼使いではないのに……。

九十九は小夜子に対する兄の言い回しが気になった。

小夜子は俯いてしまう。

その背を、蝶姫が支えるように優しく撫でた。

「私は……その……蝶姫は、私の友達だから……使役してるわけじゃ、ないの」

「当たり前だ。お前に鬼の使役などできないからな」

必死に絞り出された小夜子の言葉を踏みつけるかのように、青年は冷徹に肯定した。

「お前は鬼使いではないんだ。鬼と関わるなんて、馬鹿な真似を……」

眼鏡のレンズ越しの瞳は、とても冷たい。

これは本当に自分の妹に対する言い草なのか。

九十九には衝撃的に感じられた。

だが、小夜子はどんな態度も、呑み込んでしまっているように見える。

「……そんな言い方」

気がつくと、九十九はシロの傀儡の手を振り切って、前に一歩出ていた。

「そんな言い方、あんまりです！　小夜子ちゃんは立派な鬼使いです！　蝶姫様とちゃんと対話してます。うちに来るお客様も、みんないい鬼使いだって褒めてくれます！　鬼のお客様も気に入ってくれています！　小夜子ちゃんのお陰で、常連さんも増えました！　そんな言い方しないでください！」

「つ、九十九ちゃん……いいの、これは私の――」

「だいたい、うちの宿に泊まりもしないくせに暴れないでもらえます？　営業妨害ですよ！」

いや、宿泊客だからと言って暴れられても困るけれども。と、自分で突っ込みそうになったが、勢いに任せて言い切る。一度啖呵《たんか》を切ってしまうと、なかなか引っ込みがつかないものだ。

今、九十九は怒っている。

小夜子を――友達を貶《けな》されて、単純に腹が立っているのだ。

冷静ではないのに、冷静に自分をそう分析した。

「うちの従業員を――わたしの友達を悪く言うことは許しませんから！」

九十九は叫んで、小夜子の手を引いた。

「小夜子ちゃん、行こう。今日は、うちに泊まっていいから」

先ほどまで、牛鬼に圧倒されていたというのに。

やはり、傀儡とはいえ、シロが一緒なのが大きい気がする。いつまでもシロを頼っては駄目だとわかっているが、そんなことなど、どうだっていい。

今は大事な友達を守るのだ。

自分の力では足りないかもしれないが、シロは反対していない。ならば、シロだって九十九の力の一部だと思うのだ。

九十九ができる最大限を使って、友達を守るのはなにも悪いことではない。

「小夜子……！」

押し切るように湯築屋の暖簾を潜る。

結界へ入ってしまえば、そこは絶対不可侵。シロ――稲荷神白夜命《いなりのかみびゃくやのみこと》に守られる領域だ。

主が許可した者しか通さない。

「小夜子、止まれ！」

門の向こうで何度か叫ばれ、小夜子の足どりが重くなる。

けれども、九十九は歩調を速めた。

「………」

小夜子は戸惑っていたが、振り切るように九十九にあわせて足を進めた。

結界へ入ると、外の景色とは一変する。

黄昏《たそがれ》の藍色に染まった空には月も星もなく、昼間も訪れない。カンカン照りの外界と比較すると、むしろ、寒い。

湯築屋の結界は一年中、気候が一定である。シロ曰く、「年中、冷暖房完備状態」らしい。そのため、湯築屋の客室にもエアコンは設置されていなかった。

「あれって、小夜子ちゃんのお兄さん……なの？」

小夜子は門の前に現れた青年を兄と呼んでいた。

しかし、向こうは小夜子を、まるで物かなにかのような口ぶりで蔑んだ。あまりの態度に九十九が怒りを露わにしてしまったほどに。

「うん……朝倉暁樹《あかつき》は、私の兄なの」

小夜子は小さな声で告白した。

表情は暗く、肩がかすかに震えている。あの牛鬼は恐ろしかったが、それ以上に……九十九には、小夜子は暁樹に怯えているように感じられた。

「私が悪いのよ。九十九ちゃんを巻き込んじゃって、ごめんなさい」

小夜子は肩を押さえながら、弱々しく言った。

なんとなく、出会ったころの余所余所《よそよそ》しい空気の小夜子と近い。

「九十九、怪我はないか？」

いつの間にか、傀儡と入れ替わる形でシロが立っていた。

白い髪が、ガス灯のぼんやりした明かりに照らされて、淡い温かみを帯びている。絹束のような髪色は、周囲にあわせてほんのりと雰囲気が変化するのだ。

稲荷神白夜命は、この湯築屋のオーナーであり、結界の主。そして、九十九の夫でもある。

「シロ様たちに助けてもらいましたから、大丈夫です」

シロに触れられた肩から熱が伝わった。やはり、傀儡の冷たさと違って肌の温度は心地よい。神様特有の神気も、今の九十九にはホッとした。

つい気を抜きそうになる。

「あの程度、小手調べのようなものだったぞ」

シロはフンと息をつく。さりげなくふんぞり返っており、少しばかり得意げな表情だ。

「わたしは未熟で……シロ様がいなかったら、怪我をしていたと思います」

「そうであろう、そうであろう？　儂、ナイスであろう？」

調子に乗せすぎている気がするが、九十九が対応できなかったのも事実だ。それに、今とても安心している。

「小夜子ちゃん、中に入ろっか……話を聞かせてくれる？」

「うん……」

俯く小夜子の手を引いて、九十九たちは湯築屋の中へと入る。

庭に咲くのは、朝顔。

夕暮れのような空の下では夕顔のようにも見えるが、建物を這うように伸びた蔓《つる》や瑞々しい赤や青の花が鮮やかだ。

青い光を纏《まと》った蛍が明滅している。もう八月なので、若干、時季外れだが、シロが「なんとなく風情がある」という理由で飛ばしていた。

湯築屋の庭はすべて幻影である。シロの裁量一つで、見目をコロコロと変えることができた。

そんな庭に臨む応接室で、小夜子は重い口を開く。

隣に座った蝶姫が心配そうに小夜子の肩を撫でている。

「私の家は、鬼使いの家系なの。南予の小さな町で代々、鬼を使役して鎮めているんだけど……私には、ほとんど神気がないから」

小夜子の家が鬼使いなのは知っていた。力が弱い落ちこぼれだと自分を卑下していることも。

けれども、じっくりと家の話を聞くのは今回が初めてであった。

「宇和島の牛鬼祭りは有名だよね」

「そう。朝倉家は代々、牛鬼に人を襲わせないように使役するのが役目なの」

今は南予地方の有名な祭りになっている牛鬼だが、その性質は本来、獰猛であった。あれは何人もの人間を喰ってきた鬼なのだ。

牛鬼を使役して縛りつけることが、鬼使いとしての朝倉家の役目なのだと小夜子は語る。

「神気って本来は女性のほうが強いものでしょ？　でも、私にはその才能がまるでなくて……」

「うちだと、八雲《やくも》さんも強いけど？」

「一般的な話よ。たしかに、八雲さんはすごいけど、神気自体は九十九ちゃんや女将のほうが強いよ？」

「それ、よく言われるんだけど、あんまり自覚なくて」

確認のためにシロを見ると、「うむ」と否定する様子はない。

考えてみれば、湯築家は巫女の家系だ。一族で一番強いのは、常に女性である巫女だった。これは湯築家に限ったことではなく、だいたい常識的な現象のようだ。

良くも悪くも九十九には湯築屋の常識しかない。

九十九は湯築屋に勤めている人間以外に、親戚ともあまり関わっていなかった。というより、八雲のような親戚筋はたくさんいるはずなのに、本家である湯築屋に顔を出さないのだ。

その理由について考える機会はなかった。

もしかすると、なにかあるのだろうかと思い至る。けれども、今はそれをシロや周囲に問う場面ではない。

「鬼を使役できない鬼使いは、必要ないの」

小夜子は弱々しく、しかし、はっきりと言った。

「役目を負えない者は、鬼使いの資格がないって……私は追放されてるの。鬼を使役できない役立たずだから」

「追放って」

そんなの酷い！　九十九は声をあげようとした。

だが、隣に座っていたシロが黙って首を横にふっている。

湯築にも掟がある。

同様に、朝倉にも掟があるのだ。

歯痒いが、口を出すことではない。

「中学のときに鬼使いの資格なしとして、こっちの親戚に預けられたの。もう鬼使いとは名乗らず、鬼とも関わらない約束をして」

でも、小夜子は蝶姫と出会って友達となった。そのあとも、湯築屋で神や鬼を相手に働いている。

彼女はずっと、追放された朝倉家との約束を破ってしまっていたのだ。

「だから、私が悪いの」

九十九は、小夜子が蝶姫と出会った経緯を本人の口から聞いていない。

小夜子は自ら喰われようとしていたのだと、九十九に話してくれたのは、蝶姫だった。

鬼使いの家に生まれたが、役立たずとして追放され、鬼と関わることも禁止された。小夜子がどんな気持ちで蝶姫に喰われようとしたのか、九十九は想像するしかない。きっと、真に理解するのは不可能だろう。

「でも、やっぱり酷いよ」

なにを言うべきか……九十九には浮かばない。

だから、九十九は言いたいことを述べることにした。

「小夜子ちゃんと蝶姫様は本当に仲がよくて、友達というか、親子というか……見てるだけで、安心するの。小夜子ちゃんは、本当に鬼が好きなんだと思う。それなのに、関わるなって」

小夜子の湯築屋での働きからもわかる。

たしかに、小夜子は鬼を使役できない。鬼使いとしては落ちこぼれなのかもしれなかった。

それでも、一生懸命なのだ。蝶姫とも、こんなに心を通わせている。彼女が鬼使い失格であるとは、どうしても思えなかった。

気持ちだけでは、どうにもならない。だが、小夜子は実際に上手くやっている。少なくとも、九十九の目には、そう見えていた。

「ありがと、九十九ちゃん……でも」

「小夜子ちゃんは、それでいいと思ってないでしょ？　だって、蝶姫様を助けるために、あんなに必死だった。なんとか、自分のできることをしてた」

「そ、それは……結局、私はなにもしていなかったし……駄目だってわかってたから、そのうち、どうにかしなきゃって……ずっと先送りにしてただけ」

「ううん。きっと、小夜子ちゃんは鬼使いなんだよ。失格なんかじゃないよ。鬼と関わらないなんて、難しいと思う」

九十九が言い切ると、小夜子は押し黙ってしまう。

蝶姫は小夜子を見守っているだけだ。

「ねえ、小夜子ちゃん」

九十九はニッコリと唇に弧を描いた。

「わたしたち、友達でしょう？」

小夜子が顔をあげ、九十九を見据える。

「頼ってくれても、いいんだよ？」

大きく見開かれた眼鏡越しの瞳に、涙が浮かんだ。

2

なんだ、あの鬼は。

妹——小夜子の隣にいた鬼を思い出し、暁樹は奥歯をギリと噛んだ。

鬼としては平均的。それほど強いわけではないが、鬼使いではないはずの小夜子と一緒にいた。

——私は……その……蝶姫は、私の友達だから……使役してるわけじゃ、ないの。

鬼は神気と瘴気を併せ持つ存在だ。

怨みを抱いて鬼と成った人間や、土地に停滞した瘴気が形と成った鬼がある。

小夜子の連れていた鬼は前者。逆に暁樹が使役する牛鬼は後者だ。

鬼たちは多かれ少なかれ、怨みを抱くものだ。そして、内に瘴気を育てている。

本来、対話だけで鬼を御するなど不可能なのだ。

「小夜子のやつ」

思わず、悪態をついた。

暁樹の感情の揺らぎを察知したのか、足元の影がグニャリと盛りあがる。

影に潜んでいる牛鬼だ。

暁樹たち鬼使いは、鬼を自分の影に縛りつけて隷属《れいぞく》させる。鬼は時折、使役者の意識につけ入ろうとすることもあった。意志を強く保たなければ、鬼使いは務まらない。牛鬼は、人を襲っては喰い荒らしてきた土地の害悪。それを朝倉家の鬼使いが使役することで鎮めてきた。

小夜子には才能がなかったが、暁樹には鬼を従える義務がある。

「…………？」

門の前にかかった「湯築屋」という紺色の暖簾が、風もないのにふわりと揺れる。暁樹の影から一瞬でスッと牛鬼が現れた。牛鬼は威嚇するように、口を大きく開いた面で門の向こうを睨みつける。

しばらくすると、来る者を拒んでいた強力な結界が歪む。

「改めまして」

中から出てきたのは小夜子と一緒にいた女の子だった。先ほどの制服姿ではなく、爽やかな空色の着物を纏っている。

たしか、九十九と呼ばれていた。巫女のようだが……神気は強いが力が未熟すぎる。牛鬼の攻撃にも、まるで反応できていなかった。

いったい、なんの用だ。

「ようこそ、湯築屋へ」

今まで、暁樹を阻んでいたはずの結界が開き、幻ではなく、中の様子が見えるようになる。

「若女将の湯築九十九と申します」

九十九がていねいに頭を下げると、鬼灯《ほおずき》のかんざしが光った。とても美しい所作である。小夜子を庇って啖呵を切っていた人物とは思えない。あのときは、もっとお転婆に見えた。

「いらっしゃいませ、お客様」

顔をあげた九十九の言葉に、暁樹は次の行動を見失ってしまった。

♨　♨　♨

暁樹は湯築屋で働く小夜子のことなど、わかっていない。

ならば、見せればいいではないか。

そう提案したのは、九十九だった。

九十九は戸惑っている様子の暁樹を、半ば強引に結界の中へと引き入れる。

「い、いらっしゃいませ！」

玄関へ通すと、中で待ち構えていた小夜子が頭を下げた。いつもより明らかに緊張している。声が上ずり、顔も引きつっていた。

小夜子にとって、暁樹は恐ろしい存在なのだろう。

彼女の扱いはほとんど迫害であった。そこまで執拗に責められたのは、ひとえに小夜子が責務を果たせない身だったからだ。

それでも、九十九は不当だと思う。

自分の価値観で物事を計るのは、悪い癖だ。シロにも言われる。人と神を同じに考えるなと。

でも、小夜子にとって暁樹は兄だ。

このままでいいはずがない。

「お客様、百聞は一見に如かず、です。どうぞ、湯築屋をご堪能ください。そして、どうか小夜子ちゃんを見てください」

九十九はまっすぐに暁樹を見据えた。

「……なにも事情を知らないくせに」

暁樹はそう吐き捨てた。

けれども、大人しく靴を脱いで玄関へあがる。そのまま帰ってしまえる場面でもあったので、少々意外に思った。

「おもしろ！　あっしもお邪魔しやんす♪」

暁樹のうしろから、ひょっこりと見覚えのない男が出てくる。

赤い布切れを身体に巻きつけたシルエットがたくましい。顔には大きな口を開けた鬼の面をつけており、腰に無骨な大太刀《おおだち》を帯びていた。

「あの……どちらさまでしょう？」

「酷いですぜ、若女将さん……その顔、なんすか？　あっしです、牛鬼です。ここは狭いんで、小型モードでやんす」

牛鬼と名乗った男は随分と気軽に言ってのけた。

たしかに、牛鬼は身体が大きな鬼なので、湯築屋は手狭だろう。彼に限った話ではなく、大きめのお客様が来るときは、たいていサイズをあわせてくれる。

神気が不思議なものであると理解はしているが、サイズだけではなく見た目が違ったのでわからなかった。

「まあ……近くで拝見させてもらうとしますかね」

玄関にあがりながら、牛鬼はクックッと漏らす。

含みがありそうな笑いだ。

暁樹に使役されている立場だが、絶対服従というわけでもなさそうである。彼は当然のように暁樹とは別の部屋を要求し、さっさと歩いていってしまった。

「お荷物をお持ちしますね」

「見てわからないか、手ぶらだ」

小夜子は、あいかわらず緊張した面持ちで暁樹の接客をしている。

暁樹を湯築屋に宿泊させることを提案したのは九十九だ。

小夜子の湯築屋での働きぶりと、蝶姫と接する様子を見てほしい。そう思ったのだ。

結界の外よりも、中のほうが安全なので、シロも許してくれている。蝶姫もそれがいいと賛同した。

最初、小夜子は拒んでいたが、このままではいけないとも思ったのだろう。最終的には、暁樹の接客を引き受けたのだった。

「小夜子ちゃん、がんばろう」

不安そうにこちらを見る小夜子に対して、九十九は力強くうなずいてみせた。

がんばるのは、小夜子だけではない。

湯築屋のみんなでがんばろう。

「…………！」

九十九の意図が伝わり、小夜子は少しだけ表情を明るくした。分厚い眼鏡の下で、懸命に笑みを作る。

「それでは、お客様。お部屋へご案内します！」

いつものように堂々と、小夜子は暁樹を案内していく。

調子が出てきたようだ。不安だったが、これなら安心して任せられる。

九十九も自分の仕事をしようと、踵《きびす》を返した。

♨ ♨ ♨

——お前じゃ駄目だ。

朝倉家において、当初、暁樹の立場はそれほどよいものではなかった。

暁樹の力は鬼使いとして及第点であったが、充分ではない。暁樹は牛鬼を御するには力不足と言われていた。

神気は一般的に、女子のほうが強く宿る。

一刻も早い女児の誕生を望まれ、暁樹は「繋ぎ」として扱われた。

他人に話せば非情だと言われるかもしれないが、それが普通だ。

朝倉家の役割は、土地の人間に害悪を与える鬼の制御である。その役割を担えなければ、意味がない。役立たずは鬼使いの資格なしとして、追い出されてしまう。

逆に妹でも生まれたら、鬼使いではない他の職業に就けるのだ。そう思うと、少し気楽にもなれた。

待望の女児が誕生すれば、暁樹は不要になるだろう。

それは暁樹にとっては、嫌なことばかりでもなかった。

自分の目の前に、鬼使い以外の選択肢が現れる。

未来が拓かれるのと同義に思えたからだ。好きな職に就けるなどと楽観した性格ではないが、それでも希望が持てた。

けれども、その女児——小夜子に神気がほとんどないとわかった瞬間、罵倒の嵐だった。

一番責められたのは、母親だ。

土地を守る大事な子なのに、よりによっても役立たず。親類だけではなく、地元の神職や権力者からも罵られたという。

——お前なんて、生まれてこなければよかったのに。

いつしか、母親の口癖になっていた。

小夜子の顔を見るたびにそう言うものだから、小夜子はいつでも人の顔色をうかがってビクビクと怯えながら生きていた。

——やっと生まれた女児がアレだ……もうお前しかいないんだよ。

暁樹は鬼使いになるほかなかった。

凡庸と言われようと、才を持っているのは自分だけなのだから。

中学を卒業したら、高校へ通わず修行に明け暮れた。足りないものは努力で埋めるしかない。時間を惜しむ間もない。

まともな学生時代など過ごせなかったし、アルバイトの経験もない。ゆっくりと旅行する機会もなかった。

「なんでこんなことに……」

湯気のあがる旅館の露天風呂は、不服ながら大変に居心地がよかった。

これは幻の類なのだろう。空は常に黄昏色に染まっており、星も月も見えない。もちろん、周囲にあるはずの建物すらなかった。

岩で囲われた露天風呂には、這うように朝顔が伸びている。青い光を明滅させながら飛んでいる蛍も幻想的だ。

すぐにこの庭は幻影だとわかったが、その具合が非常に美しく、魅了されるには充分であった。眼鏡を脱衣場に置いてくるのではなかったと後悔する。

温泉は、道後の湯をそのまま引いているようだ。

湯の温度は熱めだが、岩風呂なので半身浴も可能だった。石のゴツゴツした感触も痛気《いたき》持《も》ちいい。足つぼを刺激するように、底に小さい石がいくつも埋め込まれている。

少しつかっているだけで、身体がポーっと温かくなってきた。肌も随分と赤くて血行のよさが目で見てわかる。気がつけば、身体中の毛穴から汗が流れていた。

「くっ……普通にくつろいでいる場合か」

暁樹はブンブンと首を横にふって湯から出ようと立ちあがる。頭の上にタオルなど載せてしまっていた。完全に温泉気分じゃないか。

「まったく、小夜子のやつ……」

別に誰かに話しかけているわけではないが、自然と口から小夜子の名がこぼれていた。

「いやあ、いい湯っすねぇ。神気癒やされる……って、旦那はもうあがっちまうんでやんす？」

「お前に関係ないだろ、黙ってろ」

「へいへい」

いつの間にか、呼んでもいないのに牛鬼が湯につかっていた。

軽薄で飄々としていて、いちいち癇に障る。この姿になることは珍しいが……しゃべるとこの調子なので、たいていは黙らせていた。

しかし、宿の結界の中では神気の使用が制限されるようなので、暁樹は牛鬼を言の葉で縛ることができなかった。今は自由にさせるしかない。

結界の主である稲荷神の裁量次第なのだろう。

つくづく、妙な宿だ。

あの稲荷神も引っかかる。

神の一柱といえど、稲荷神にこんなにも強力な結界が維持できるとは、常識では考えられなかった。

これは創造神の域。

あるいは――。

「お客様っ、お料理の用意ができております！　こちらへ、どうぞ！」

「あ、ああ……狐……妖《あやかし》？」

風呂からあがって脱衣場を出ると、膝丈ほどの子狐が待ち構えていた。

神や妖が宿泊する旅館なのだ。従業員が化け狐の類でも不思議ではない。

「コマと申しますっ！　湯築屋で仲居をしています！　ささ、美味しいお食事を用意していますよ！」

コマと名乗った子狐はモフリとした尻尾をふって先導する。見た目から丁稚《でっち》かと思ったが、仲居なのか。言われてみれば、小夜子と同じ臙脂《えんじ》の着物に、紺色の前掛けをしている。

歩き方のせいか、「ピョコピョコ」という擬音が聞こえてきそうだった。

「旦那ぁ、ちょっと可愛いとか思いやしたね？」

「うっ……黙れ！」

どこからわいてきたのか、牛鬼がうしろをついてきていた。暁樹が考えていることを読まれている気がして、やりにくい。

歩くのにあわせて尻尾が揺れるんだぞ。着物の丈がパツンパツンで、お尻が丸見えの状態なんだぞ。足も小さくてチョコンとしているんだぞ。

可愛くないわけがないじゃないか。

無論、口には出さない。

「素直におなりなさいな」

「黙れって言ってるだろ」

いつものように、命令で縛れないのが不自由で仕方がない。

どうやら、暁樹に関しては他の客以上に神気の使用が制限されているようだ。初見で巫女を威嚇してしまったので、当然と言えば当然だが。

「こちらですっ！」

案内されたのは暁樹が宿泊する「にぎたつの間」であった。

この部屋なら、一人でも帰ってこられたが……暁樹のちょっと冷めた視線を横に、コマは「ひと仕事を終えた」と言わんばかりにキラキラと達成感の色を浮かべていた。

まあ、いい。

暁樹は「ありがとう」と小さく言っておく。

「では、お部屋でお待ちくださいっ！」

コマは嬉しそうに、尻尾をふっていた。

微笑ましいと思っているのが牛鬼に伝わると嫌なので、暁樹はすぐに咳払いをし、部屋の敷居を跨いだ。

「湯はどうであった？　……その顔を見るに、大変満足したようじゃな」

部屋には、鬼が座っていた。

般若の能面を顔に張りつけ、蝶の着物を纏った、美しい鬼の姫――小夜子が連れていた鬼である。

「な……ッ！」

ここでは、牛鬼は頼りにならない。暁樹はとっさに部屋の外へと後ずさるが、鬼は手招きしている。

「もうすぐ彼《あ》の娘が料理を運んでくる。座って待っておるとよい」

暁樹の警戒など余所に、鬼は部屋の座椅子を示した。

「………………」

どうせ、向こうも暁樹と同じく術の類は使えない。それに、鬼の格としては牛鬼よりも数段劣る。なにかあっても、対処できないわけではない。

暁樹は鬼の言う通りに、部屋に入った。

招かれてもいないのに、ちゃっかりと牛鬼も席に座る。

「お前は本当に小夜子に使役されていないんだな？」

「食事を共にするというのに、開口一番それか？　随分と気が短い男じゃ……嫁を見つけるのに苦労しそうじゃの」

「余計なお世話だ！」

暁樹は思わず大きめの声を出してしまう。

牛鬼が笑いを堪えているのが、ムカついた。

「妾《わらわ》は誰にも属しておらぬよ。勝手に彼の娘と居《お》るのじゃ……娘は妾を友と呼んでおるがな。蝶姫とは、あれにつけられた名じゃ」

「それはありえない話だ」

暁樹はまっすぐに蝶姫と呼ばれる鬼を睨んだ。

「鬼使いは神気を言葉に乗せて鬼を縛る……ほとんど神気のない小夜子に鬼を縛る力などないはずだ」

「だから、縛られてなどおらぬ。只、話をしているだけじゃ」

「話？」

「昔話から、学校のことまで。妾は彼の娘から、話を聞いておるだけじゃ」

本当に？

本当に、小夜子は対話だけで鬼を従えているというのだろうか。

それは暁樹の知る常識とは異なっている。

鬼とはわかりあえない。彼らは従えなければ制御できない。そういう種なのだ。

神気のない小夜子が鬼と対話しているのも妙だ。鬼への言の葉には、必ず神気を乗せる。

小夜子には不可能なはずだった。

まさか……？

「お待たせしました、お客様」

割って入るように、声がする。

すぐに襖《ふすま》が開いて、膳を持った小夜子が現れた。

分厚い眼鏡の下には、暁樹の知らない表情が浮かんでいた。

よく見る接客スマイルとは少し違う。つぼみが綻《ほころ》んで花となる過程のような、可憐だが素朴な愛らしさがあった。垢抜けていない純朴さがまぶしい。

彼女にこんな表情ができることを、暁樹は初めて知った。

いつもなにかに怯えて、人目を気にして生きている。暁樹の記憶にある小夜子は、そんな少女だった。

「旦那ぁ。今、可愛いなって思ってるでしょう？」

「はあ⁉　……思ってない！」

牛鬼に指摘されるが、暁樹は否定して首をブンブン横にふった。

暁樹の前に、夕餉《ゆうげ》の膳が置かれる。

「本日のお料理です」

眼前の膳は、いかにも「旅館のお膳」といった具合であった。

三種盛りのお造りや煮物が並ぶ中、目を引くのは鯛しゃぶ用の紙鍋である。品のいい昆布出汁に薄造りの鯛を潜らせて食べるのだ。瀬戸内《せとうち》の鯛は、ほんのりピンクに透き通っており、食欲をそそる。添えてある柚子の香りも非常によかった。

「ご飯物は、もぶり飯です」

伊予弁で「もぶる」とは、「混ぜる」という意味。

もぶり飯は、一般的に言う「ちらし寿司」である。

甘めの酢に、素焼きにして細かくほぐした瀬戸内の小魚の出汁を混ぜている。また、具材も瀬戸内の魚介を使用していた。

余所の人間なら感嘆するかもしれないが、どれも瀬戸内海の新鮮な魚が獲れる県民には馴染み深い品々。特に、暁樹は漁業が盛んな南予の人間だ。

美味しそうだとは思うが、目新しさはない。

「お客様」

ぼんやりと料理を眺めていた暁樹に小夜子が一声かける。先ほどまでとは少し違って、やや緊張した面持ちだ。

「松山では、歓迎やおもてなしの席で、もぶり飯を出すんです」

小夜子は臙脂の着物に包んだ背筋を伸ばし、姿勢を正す。

改まった態度に、暁樹は気圧《けお》されてしまいそうになる。

「お兄ちゃんをお招きしようって言ったのは、若女将です。でも……これは、全力でお客様をおもてなししようという、湯築屋のみんなの気持ちがこもっています」

小夜子は三つ指を軽く床につけ、深く深く頭を下げた。

「私は鬼使い失格です。だけど、ここのお仕事は続けていきたいの……初めて……私が、初めて必要とされたお仕事だから。納得がいくまで、やり遂げたいと思います」

晩樹は真剣な小夜子を見て困惑した。

「駄目だ」

そう言った瞬間に、小夜子の表情が曇る。

泣きそうで、自分に自信がない。晩樹の知る小夜子の顔だ。

けれども、すぐに瞳に力がこもった。

「嫌です」

小夜子が食い下がるなど晩樹には予想外だった。ちょっとやそっとでは動じないという意志を感じる。

蝶姫が責めるように晩樹を睨むが、こちらは無視した。

だいたい、この鬼と小夜子の関係が異常なのだ。

きっと、この鬼はなにか企んでいる。

小夜子は騙されているのだ。

「まあまあ、旦那。あっしは、この子のことが気に入ったし、好きにすればいいと思いますけどねぇ？」

普段と違って縛られていないせいか、牛鬼が余計なことを言いながら小夜子に手を伸ばす。

「…………！」

その瞬間を見逃さず、暁樹は牛鬼の手を弾くように払った。

大げさにパーンと音が鳴り、驚いた小夜子が怯えて瞳を揺らす。

「触るな！」

暁樹に叩かれて、牛鬼はつまらなさそうに息をついていた。

外にいたのか、音を聞いて「小夜子ちゃん！」と、旅館の若女将が飛び出してくる。しかし、暁樹が小夜子に危害を加えたわけではないとわかると、安堵したようだ。

「もういい」

暁樹はそう吐き捨てて立ちあがる。

「お客様……！」

「お兄ちゃん！」

踵を返して部屋を立ち去ろうとする暁樹に、声が追いすがる。

暁樹は振り切るように、その場をあとにした。牛鬼も渋々と言った様子でついてきている。

なにが小夜子の働きを見てほしい、だ。

そんなものなんて意味はない。

それよりも、気がかりが増えた。

「牛鬼、お前はここへ残れ」

「ん？　いいんでやんす？　あっしは、構いやせんけど」

暁樹の命令に、牛鬼が意外そうに言葉を返す。

「ああ、代わりにやってもらうことがある」

♨　♨　♨

宿を出ていってしまった暁樹を止めることができなかった。

九十九は取り残された小夜子の肩に手を置く。小夜子はしばらく、哀しそうに下を向いていたが、やがて、息を大きく吸った。

「大丈夫だよ」

小夜子は、九十九が驚くほどの笑みを浮かべた。

どうして、彼女は笑っているのだろう。九十九は息を呑んだ。

「……慣れてるから」

「小夜子ちゃん……」

慣れているから。

それで納得しても、いいものなのだろうか。

いいわけがない。

「でも、小夜子ちゃん。いくら鬼使いの力がないからって、鬼と関わったら駄目なんて、あんまりだよ……蝶姫様だって、小夜子ちゃんのことが好きなんだよ？　それを、あんな言い方。わたし、やっぱり、追いかけて抗議してくる！」

「九十九ちゃん、いいの」

息巻いて部屋を出ていこうとする九十九の手を、小夜子が握る。

小夜子は、やはり白い歯を見せていた。

「小夜子ちゃん……」

儚げで、消えてしまいそうで……振り切ることができない。彼女をこのままには、しておけないと思った。

「お取り込み中のところ、失礼してよろしいかい？」

部屋の入り口から軽薄な声音で呼びかけられる。

背の高い面の青年――牛鬼が柱にもたれかかるように立っていた。

「主はどうした？」

小夜子を守るように、蝶姫が立ちあがる。般若の能面はあいかわらず表情が読めないが、威嚇しているようだ。

結界の中では制限がかけられているが、鬼としての力は牛鬼のほうが強い。蝶姫とは比べ物にならない量の神気と瘴気を感じた。

それは、昔から多くの人を喰らってきた証なのかもしれない。

鬼は人を喰らう。

湯築屋に訪れるお客様としての彼らしか知らない九十九には、想像もできない事実だった。

「旦那とあっしは違うのでね。あっしは好きにさせてもらおうかと……まだお料理も堪能していやせんから」

牛鬼は無遠慮に入室して、元の席にあぐらをかいた。

彼は鬼面の下の表情を見せず、小夜子をジロジロと眺めている。

「あっしは、旦那の妹さん、気に入りましたし。ちょうど、旦那もお暇をくださるってことで、もう少しここにお邪魔しますわ」

牛鬼はそう言いながら、箸を手にとった。

食事の続きをするらしい。

九十九は慌ててお茶を注ぎ直した。すっかり冷めてしまっている。

詳細は怪しげだが、牛鬼はお客様として留まることにしたのだ。であれば、おもてなししなければならない。

「どういうことじゃ？」

「へへ、あっしだって縛られてばかりも疲れるんで」

蝶姫が問うが、牛鬼ははぐらかすばかりだ。

「鬼使いなんて言うが、神気の力を言霊に乗せて、あっしらを縛りつけるだけでさ。結界《ここ》なら、その力も弱まってるんで、久々に羽を伸ばせるってモンですわ」

そんなことを言いながら、牛鬼はもぶり飯を口へと運んでいる。

大きく開いた面の口に、箸を突っ込んでいる様は奇妙だ。しかし、面の下で口が動いているのは確認できないので、不思議だった。

「その点、強制的にあっしらを縛らないお嬢さんの言の葉は、実に興味深いというものでして」

小夜子には鬼使いの才能はないが、鬼と対話ができる。

九十九は小夜子が蝶姫たちと心を通わせているのは、力が弱くとも鬼使いだからだと思っていた。

だが、牛鬼の口ぶりから察するに、まったく違うのだと気づく。

「此の娘には、言の葉で妾たちを縛る力はない。根本的に鬼使いの言の葉とは異なるものじゃ」

「そうなの？」

蝶姫が言葉を継ぎ、九十九は目を瞬いた。

「そもそも、此の結界の中では神気も瘴気も制限を受ける。故に、鬼の抱える怨みや後悔も抑えられ、理性を保つのは易い。そうでなければ、鬼使いでもない其方らの言葉は妾には届かぬ」

「それはシロ様から聞いています。結界の外では、わたしと蝶姫様が会話するのは難しいって……」

蝶姫が初めて湯築屋に運ばれてきたときは、堕神に神気を吸われて酷く憔悴していた。会話どころではなかったので、あまり気にならなかったが、あのとき彼女は小夜子の言葉にしか反応していなかった。

小夜子はどうやって鬼と対話しているのだろう。

見つめるが、小夜子には心当たりがないようだ。困ったように目を伏せてしまう。

自覚なしに、鬼と対話しているのだ。

「美味い！　おかわり！」

不安そうにしている小夜子を余所に、牛鬼はもぶり飯を完食。おかわりを要求していた。

「あ、はい……すぐにお持ちします」

九十九は慌てて、厨房へおかわりのもぶり飯をとりにいく。小夜子も一緒に退室した。

「九十九ちゃん……私って、変なのかな？」

牛鬼たちの言葉を気にしてか、小夜子は表情が暗かった。九十九は無責任に「大丈夫！」とは言えず、困り果ててしまった。

「シロ様は、知っていましたか？」

どうせ、見えないところで見張っている。そう期待して、九十九は宙に向けて話しかけた。すると、案の定、気配が一つ増える。

「儂の結界の中では、神気で鬼を縛る必要がないからな。小夜子に、そのような力がなくとも気にしなかった」

九十九の隣をシロが平然と歩きながら答える。

自分で呼んでおいてなんだが、やはり、いきなり現れると多少なりとも驚く。

「まあ、そうなんですけど……なにかあるなら、言ってくださいよ」

神様たちは案外と薄情だ。「聞かれなかったから、答えなかった」という回答は意外と多い。今回もこのパターンかと思い、九十九はため息をつく。

「だが」

シロは神妙な面持ちでつけ加える。

「儂にも道理は理解できぬ。小夜子には、神気の流れが皆無だ。鬼使いのように言の葉で縛るなぞ、不可能だろうよ。才能がないというのは、間違いないぞ。むしろ、その程度の神気で、鬼の存在を認識し、言葉を聞き入れ、届けておるのが不思議でならぬ。この域になると、只人《ただびと》と変わらぬのが常であるはず」

「え?」

シロでも、わからない。

そんなことがあるのだろうか。

九十九も小夜子も顔を見あわせて、目を瞬く。

「不自然があると言えば……四六時中、鬼と過ごす割には瘴気が薄いか。此処では、些細なことだからな。理屈なぞ、考えたこともなかった」

シロにとっては、そんな認識だ。気にすることではないらしい。

「それよりも」

シロは立ち止まり、廊下の向こう側へ視線を寄せる。

湯築屋の玄関があるほうだ。

「少し見張らせておくか」

シロは先ほど、玄関から出ていった——暁樹の動向が気になるようだ。

シロは自分の白い髪を一本抜いて、フッと息を吹きかけた。

すると、白いモフモフの毛並みを持った猫が現れる。使い魔だ。

猫の使い魔は「みゃあ」と鳴いて、そのまま玄関へと向かって駆けていく。長い尻尾をふるお尻が可愛い。

「シロ様、もしかして、牛鬼様が残ったのって……」

「あの鬼使いの指示だろうな。結界内では制限されるとはいえ、鬼使いとの縁が切れているわけではない。そちらも案ずるな。もう手を打っておる」

「使い魔二匹ですか?」

「否。結界の中におるのだ。使い魔の安売りセールなぞ必要ない。もっと適任だぞ」

結界の内側での出来事は、シロにはお見通しだ。たしかに、使い魔の必要はない。

「シロ様、九十九ちゃん……ご迷惑をおかけしてしまって……ごめんなさい」

小夜子が身体を小さくしている。九十九は小夜子が湯築屋に来たときのことを思い出した。

湯築屋に来る前の小夜子は、ずっとこんな顔をしていたのだと容易に想像がつく。

だが、これが小夜子の自然体だとは思わない。

九十九は丸くなる小夜子の背中に手を添えた。

「大丈夫、小夜子ちゃん。迷惑なんかじゃないよ」

小夜子が震えながら顔をあげたので、九十九は満面の笑みを浮かべた。

「わたしたち、友達でしょ？」

小夜子は戸惑っていたが、やがて、少しだけ表情を明るくする。

3

誰かに必要とされたかった。

──お前なんて、生まれてこなければよかったのに。

小夜子は両親の笑った顔を見た覚えがなかった。

記憶に残る母親はいつだって暗い。怖い顔で小夜子を睨みつけては、怨み言を吐いていた。

──ごめんなさい……。

小夜子に鬼使いの素質がなかったから。

鬼を言の葉で縛るための神気がほとんどなかったから。

おちこぼれで、役立たずだから。

朝倉の鬼使いは土地を守る要なのに。

獰猛な鬼を縛りつけ、守護する役割があるのに。

小夜子が鬼使いを継がなければならなかったのに。

それなのに、小夜子は無能だった。

彼女の能力は朝倉の家の者だけではなく、土地の有力者や神職も落胆させた。そのせいで、両親がいつも罵りを受けているのも、小夜子は知っていた。

だから、無邪気な子供でなどいられなかった。

いつも周囲の顔色をうかがっていた。

――お前は、ここから出ていくんだ。

鬼使いを踏襲した兄の暁樹からそう言われたときは、苦しくて仕方がなかった。

小夜子はなんの役にも立たなかったのだ。

自分の果たすべき役割がなにも果たせない。

出来損ない。

おちこぼれ。

役立たず。

お前なんて、生まれてこなければよかったのに――私なんて、生まれてこなければよかったのに。

私は、誰の役にも立てなかった。

小夜子は伊予市の親戚に預けられ、地元から離れることになる。

親戚の家は、小夜子によくしてくれたけれど……やはり、申し訳なさでいっぱいになっていった。小夜子は鬼使いになれず、追放された身だ。きっと、気を遣わせている。

小夜子の居場所など、どこにもないと思った。

こんなどうしようもない役立たずは、消えてなくなるしかない。

本気でそう思っていたのだ。

いつしか、小夜子は夜の五色浜を独りで歩くようになっていた。

目的などなかった。

いや、あった。

五色浜にも鬼がいるらしい。その鬼は、毎晩、白い蟹を探して彷徨《さまよ》っている。

そんな話にわずかな期待をしながら。

――私……。

だから、実際に鬼を見たとき、小夜子はこう言った。

――白い蟹を、見つけました。

鬼の正体は源平合戦に敗れて逃げ延びた平家の姫である。姫は赤い蟹を見て平家の旗を連想した。そして、源氏の象徴である白を宿した蟹がいるのではないかと考えていた。

憎き源氏と同じ色の蟹を踏み潰すため、姫は妹たちに白い蟹を探せと命じたが――結局、見つからず。妹たちは、赤い蟹を白く塗って差し出したという。

だが、見破った姫は妹たちを殺して自分も海に身を投げたという伝説がある。

その姫は鬼となり、今も五色浜を彷徨っていた。

小夜子は出会った鬼に、「白い蟹を見つけた」と答えたのだ。

手には、白い絵の具で着色した赤い蟹。

どこかへ消えてしまいたかった。

こんな自分など跡形もなく、いなくなってしまえばいい。

一方で、鬼に喰われたと聞けば、両親はなんと言うだろう？　そんな打算的なことも考えていた。

やっぱり、私は醜い子だ。

しかし、

——そうか。

沈黙のあと、鬼となった姫は静かにそう返答した。

寂しげであり、哀しげでもある声音。

般若の能面に隠された顔は見えない。

——妾は、其れを探しておったのじゃ。

その鬼は、小夜子を喰わなかった。

喰わずに、ただ隣にいてくれた。

どうして？　素直にそう思った。

同時に、「自分は生かされたのだ」という実感が胸の中にあふれていった。

生まれてこなければいい。

ずっと否定され続けた小夜子が、初めて、ここに存在していてもいいと認められた。

鬼にとったら、そのようなつもりなどなかったのかもしれない。それでも、小夜子はそう思うことにした。

不思議な鬼だ。

姫らしく蝶の柄をあしらった十二単《じゅうにひとえ》を着ている。

小夜子は勝手に、彼女を「蝶姫」と呼んだ。蝶姫はその呼称を嫌がらなかったし、毎日、小夜子が会いにくることにも文句は言わなかった。

蝶姫は小夜子に多くを語らない。代わりに、小夜子の話をいつまでも聞いていてくれた。

物心ついたころから、ずっと罵られてきたことも。

鬼使いになれなくて、追放されたことも。

友達が誰もいないことも。

ずっとずっと、ひとりぼっちだった小夜子にとって、蝶姫は友達と呼べる存在。

鬼使いのはずなのに、鬼が友達だと言ったら、笑われる。

鬼は神気を乗せた言葉で縛るしかないのに……だが、小夜子が言の葉を紡いでも、蝶姫を縛ることなどできなかった。使役など、もちろん無理だ。

けれども、それでいい。

だって、小夜子はここにいることを許されているのだから。

——いつも笑っていればいいのに。ここでバイトする？

二度目に驚いたのは、去年だった。

小夜子が蝶姫を守るために巻き込んでしまった湯築屋の若女将——九十九の提案に小夜子は戸惑った。

自分のような人間が、接客などできるはずがない。それも、神様や妖が訪れる宿屋だ。神気のない小夜子には務まらないと思ったのだ。

それでも……嬉しかった。

蝶姫と出会ったときと同じくらい、嬉しかったのだ。

こんな私なのに。

出来損ないの私なのに。

役立たずの私なのに。

だのに、九十九は小夜子を必要としてくれた。

そして、気づいたのだ。

自分がいかに狭い世界で生きていたかを。

狭い視野の中で、自分の価値を決めてしまっていた。

いらない人間だと決めつけていた。

それを自覚させられた。

気づかせてくれた蝶姫や九十九は、大切な友達だ。


「わたしたち、友達でしょ？」

過去ではなく、今、力強く勇気づけてくれる九十九の笑顔はまぶしかった。

小夜子にとって、彼女は太陽のような存在だ。近くにいると温かくなるけれど、決して、同じようには振る舞えない遠い存在。

九十九に言われると、なんでも、「大丈夫」だと思えてしまう。

不思議だった。

「私」

兄が現れて、みんなを困らせている。

迷惑をかけている。

重々承知だ。

「やめたくなんか、ない……」

湯築屋をやめたくなんか、ない。

絶対に続けたい。

だって、ここは私の居場所だから。

この場所を九十九と——みんなと一緒に守っていきたいと思うから。

「うん、一緒にがんばろう！」

そう言ってくれる九十九と、いつまでも歩いていきたいと思った。

♨　♨　♨

彼の娘の言葉は、実に心地がよかった。

鬼とは神気と瘴気を併せ持つ者。

神霊ともなれず、悪霊ともなれず、されど、妖にもなれぬ。

神秘であり、半端。

人から鬼の存在となった姫の思考を支配するのは常に生前の後悔と無念。

唇が吐くのはすべてを呪う怨みの言葉。

眼に映るのは歪み切った世界。

耳に入るのは嵐のような雑音ばかり。

内から瘴気が育って溜め込まれていく。

神気と瘴気の均衡がとれ、神霊に近い存在である鬼は自我を上手く保つ。そのような鬼は首魁《しゅかい》となり、鬼を統率することがある。あるいは、鬼神《きしん》。

それらに支配された鬼たちは、首魁の恩恵を受け、怨みの念や瘴気を抱える苦痛が軽減されるらしい。大江山《おおえやま》に棲まったという酒呑童子《しゅてんどうじ》や、配下たちがその類である。

されど、鬼となった姫はただ独り。

ずっと、五色浜を彷徨った。

見つかりもしない白い蟹を求めて。

あの日まで。

——私……。

その娘の声は鈴のように小さくて弱々しく、しかし、入り込むように鬼の耳へ届いた。

鬼は我が耳を疑う。

それまで、すべての音は怨みや執念に押し潰されて、一枚壁の向こう側のように聞こえていた。理解できぬわけではないが、すべてが他人事。自分が意識を向けるに値しないものように響いていた。

けれども、娘の声は鬼の耳に、直接流れ込んできたのだ。
溶けるように、自然に。

――白い蟹を、見つけました。

娘の意図がすぐにわかった。
わざと喰われようとしている。この娘は、自分を餌に捧げようとしている。
力は弱いが、鬼使いのようだ。
その言の葉を使役するためではなく、ただ、鬼に届けるために発している。
鬼を服従させるために、鬼使いが操る言の葉とは、明らかに違う。
本能的に察した。
この娘は他とは違うのだ、と。
喰ってやろうか――この娘に興味がある。
鬼は好奇心から、娘を喰おうと一瞬悩む。喰わぬ道理もない。
だが、思い留まった。
もう少し、この声を聞いてみたい。
――妾は、其れを探しておったのじゃ。

それから、娘との不思議な日々が続いた。

娘は毎晩、五色浜に現れるようになる。

絵の具で塗った蟹を持ってくることはなかったが、代わりに鬼を「蝶姫」と呼ぶようになっていた。人であったころ、自分にも名がついていた気がするが……そんなものは忘れたので、気にはならなかった。

娘の名前は朝倉小夜子。南予の鬼使いの一族だという。

小夜子が一人でしゃべり、蝶姫は聞き手に回ることが多い。蝶姫から話す事柄は特にないし、なにより、小夜子の言葉を聞いていたかった。

いつもは、なにもかもが自分とは隔絶された異界の音に感じる。

蝶姫は比較的、理性的な鬼であるとどこぞの神が評していたが、そのような自覚はない。

絶えず、怨みと執念にとり憑かれ、内に満たされていく瘴気に喘いでいる。

小夜子の声を聞いていると、それらが遠退くのだ。

不思議な娘だった。


「いやぁ、旦那の妹は可愛いもんで。旦那もちょっとは見習ってくれたら、あっしも楽なんですけどねぇ」

九十九と小夜子が退室したあと、牛鬼はヘラヘラと笑った。

下手に出ているが、どこか読めない態度だ。

この鬼は、土地に溜まった瘴気が形となり、生まれている。蝶姫よりも古い鬼で、獰猛な性根をしているはずだ。けれども、結界の内側だからか、鬼使いに使役されているからか、その覇気をまるで感じさせない。

しかし、宿屋の前で九十九たちを襲ったときは、片鱗を見せていた。

結界の中だからと言って、油断するべきではない。

「姫さんは、あの娘を喰おうと思わないので？」

油断すべきではないと肝に銘じた途端、牛鬼はそんな質問を寄越した。

蝶姫は能面の下で眉を寄せる。いくら表情を歪めても、相手には見えない。が、おそらく、牛鬼には蝶姫の感情は読めているだろう。

「あっしなら、とっくに喰っていますけどね」

牛鬼は膳についていた楊枝を使いながら言う。面の下では、ニヤリと笑っているのだろう。

「下等な鬼と妾を一緒にするでない」

「でも、一度は喰おうと思ったでしょうに？　……いや、今も喰いたくて仕方がないはず――」

「たしかに、彼の娘は妾の餌じゃ。自分から喰われにきたのだからな……じゃが、今は喰餌と呼びながら、喰わぬと宣言するなど、我ながら矛盾している。

わぬ」

「まあ、印を刻んでいるからには、そうでしょうねぇ」

牛鬼は妙に言葉を強調しながら、肩を竦《すく》める。

「アレを只の無能と評価するとは……なるほど、あの娘が可哀想だ。そこらの凡人どもにい、は価値がわからねぇ……しかし、あっしなら迷わず喰いますねぇ、アレは。後回しにしている理由がわかりやせん。なんなら、あっしに譲ってくれたって――」

「……黙るのじゃ。彼の娘は、妾の餌！　手出しはさせぬ！」

わざと煽る口調だとわかっていたが、そう返さずにはいられなかった。

蝶姫は今すぐに牛鬼を排除しようと、神気を身体から放出する。

だが、ここは稲荷神白夜命の結界の内部だ。客である蝶姫の力は制限を受けており、思い通りに操ることはできなかった。

「おっと、申し訳ねぇ。だがよ、姫さん。あんたにその力があるんですかねぇ？　あの印は、あんたにゃあ、過ぎたモンじゃあないですかい？」

「黙るがいい」

余裕綽々《しゃくしゃく》の感情が透けて見える。

鬼なら皆、小夜子の価値を知っている。

鬼使いたちも、神々も気づけない。

鬼だけが嗅ぎ分ける。

そして、そのうえで、蝶姫の餌を侵そうと煽っているのだ。

それだけは許されなかった。

♨　♨　♨

九十九は生まれたときから、神気の強さを称賛されていた。

彼女ほどの巫女は近年稀である。それほど、強い神気を持ち、将来有望とされていた。

湯築の巫女は力のある女児に受け継がれる。稲荷神白夜命の妻となるためだ。

だから、生まれたときから祝福され、巫女となることが決まっていた九十九には、鬼使い失格の烙印を捺されて追放された小夜子の気持ちなどわからない。

共感や想像はできる。

しかし、理解は難しい。

そもそも、人それぞれ違うのだ。九十九が小夜子に、自分の気持ちをわかってほしいと言っても、無理な話である。

でも、それと友達であることは別だ。

そして、九十九は友達を見放したりなんかしない。

落ち込んでいたら、一緒にお風呂入ろう！」

「小夜子ちゃん、一緒にお風呂入ろう！」

「え？　でも、まだ……」

九十九は小夜子の手を引いた。

「コマ、あとはおねがいできる？」

「はいっ！　若女将、任せてください！　おかわりのもぶり飯も、お出ししておきますねっ！」

コマはチョンと立つ両足で踏ん張りながら、鼻をフンッと鳴らして気合いを入れる。着物の袖をまくりあげ、腰に手を当てた。クイックイッと左右に尻尾が揺れる。

「気にせず、行ってくださいな。本日は天照《あまてらす》様以外に女性のお客様はいらっしゃいませんし」

そう優しく声をかけてくれたのは、仲居頭の河東碧《かわとうみどり》だった。おっとりしていて、とても上品な空気を纏っている。話すだけで心が落ち着く接客のエキスパートだ。

彼女は九十九の叔母に当たる。つまり、登季子《ときこ》の姉だ。

神気は扱えないが、実は学生時代に剣道で全国制覇を成し遂げた偉業を持つ。空手や薙《なぎ》刀《なた》など、一通りの武道はたしなんでいると聞いたが……とても、そんな風には見えないといつも思う。

「ほら、碧さんも言ってるし……入ろう」

「え、ええ……でも、その……」

「じゃあ、足湯だけ」

湯築屋にも足湯が堪能できる客室がある。

そこはかつて、神気が疲弊した蝶姫が療養するために長期滞在した五色の間であった。

今では蝶姫の神気は回復し、誰も使っていない。

蝶姫は時折、客として宿泊することもあるが、基本的には小夜子の陰に潜んで見守っている。

「足湯はよい考えだ。儂が混ざっても九十九が怒らないからな！」

「シロ様はあっちへ行ってください。わたしは小夜子ちゃんと二人きりでお話しするんです」

「な、なんだと……⁉」

「ガールズトークです。盗み聞きも禁止ですよ」

「ぐ、ぐ……！」

九十九はわいて出てきたシロを押しのけつつ、小夜子の手を引く。

小夜子は戸惑いながら、九十九についてきた。

「九十九ちゃん……」

「温泉入るとリラックスするのは、神様だけじゃないから。足湯なら、恥ずかしくないよね？」

「は、恥ずかしいわけじゃ……」

小夜子は顔を真っ赤にする。

誰もいない五色の間はガランとしており、静かだ。

障子窓を開けると、縁側があり足湯スペースになっている。ちょうど、湯築屋の大きな池を間近で楽しむこともできた。

青々とした松と岩石の配置が絶妙で、ため息が出そうだ。這うように花を開く朝顔も愛らしい。

「ここ、蝶姫様のお部屋だったの、懐かしいね」

九十九は白足袋を脱ぎ、着物の裾をまくった。片足ずつ足湯に滑り込ませると、じんわりと温かな感覚。

小夜子も躊躇《ちゅうちょ》しながら、ゆっくりと九十九と同じように腰をおろした。

「うん……でも、昨日のことみたい」

小夜子はうなずきながら、唇を緩めた。

やっぱり、彼女は笑っているほうが可愛い。ずっとずっと、魅力的な女の子だ。

「小夜子ちゃん、毎日蝶姫様のお見舞いにきてたよね」

「うん。学校から一人でお見舞いにいくたびに、九十九ちゃんが二人で帰ろうって言って怒ってたね」

「だって、帰る方向が一緒なんだもん」

「今思ったら、九十九ちゃんの言う通りだね」

足を動かすと、あわせて湯に波紋ができる。

足元だけなのに、しっかりと身体を温めてくれた。

神気を癒やし、神に愛された温泉。そうでなくとも、充分に九十九たち人間の身体と心を癒やす効果がある。

道後温泉は大衆浴場として発展した。今でも、本館にはその伝統が受け継がれており、浴場には凝った趣向は取り入れられていない。

ただ温泉につかり、語らう場なのだ。

道後温泉は、ずっとあり方を守り続けてきた。

「九十九ちゃんにアルバイトしようって誘われたとき……私、嬉しかった」

小夜子は顔をあげて、九十九に微笑んだ。

「でもね、私……九十九ちゃんが羨ましかったんだよ」

微笑んだまま、小夜子は九十九を見つめ続ける。

「九十九ちゃんは私にないもの、たくさん持ってるの。九十九ちゃんみたいに強い神気があったら、きっと、私は鬼使いになれた。両親や周りの人を落胆させずに済んだかなって……学校でも、いつもお友達と一緒で、すごくキラキラしてた」

小夜子から、そんな話を聞くのは初めてだった。

「わたしだって、小夜子ちゃんが羨ましかったんだよ。蝶姫様と仲がよくて、理解しあえてて……わたしには、難しかったから」

「そう？」

「そうだよ」

九十九には、小夜子と蝶姫の関係が羨ましかった。

「わたし……シロ様が好きみたい」

こんな感情に気がついたのは、最近だ。

シロとは婚姻を結んでいるが、あくまでも契約。ビジネスライクな関係。だから、シロを好きだと思ったことなどなかった――いや、思わないようにしていた。

だって、それは報われないから。

シロは神で九十九とは違う。

寿命も価値観も、考え方さえも。

シロは代々、湯築の巫女を娶《めと》っている。九十九はその一人であり、彼にとったら特別な存在ではない。

自分だけを愛するなど、ありえないのだ。

「……九十九ちゃん」

「おかしいよね。シロ様の巫女は、わたしだけじゃないのに――」

「それは、見てたら誰でもわかるよ？」

「へ？」

小夜子が嘆息するので、九十九は間抜けな返答をする。

「九十九ちゃんがシロ様を大好きなのは、最初から知ってたよ」

「え、ええ⁉　な、なんで？」

あまりにもケロリと言われ、九十九は思わず腰を浮かせてしまう。小夜子は面白そうにクスクス声を転がしている。

「え、そんなにおかしい⁉」

「うん、とっても」

小夜子が面白がっている理由が、九十九にはわからない。

「九十九ちゃんは、私のこと羨ましいって言うけど、私はずっと誰かを羨んで生きてきた……九十九ちゃんのことも、京ちゃんのことも」

小夜子は笑顔のままで、足湯の水面を眺める。

「その前は、お兄ちゃんが羨ましかった」

表情は曇らない。

けれども、澄み切ってもいない。

「私はなにも持って生まれなかったけれど、お兄ちゃんはいっぱい持ってて……私が生まれなかったら、きっと、みんな最初からお兄ちゃんだけを見ていたの」

爽やかとも、吹っ切れているとも言えない顔で小夜子はつぶやく。

「私はいらない子だから」

そんなことない。

小夜子ちゃんは、必要だよ！

言いかけて、九十九は口を噤《つぐ》んだ。

小夜子が本心から、そう思ってなどいないことに気がついたから。

その言葉は彼女の過去。昔々の話を語っている。

だって、今の小夜子は湯築屋の従業員だから。

もう、いらない子などでは、ないから。

小夜子自身もわかってくれているから。

「小夜子ちゃん」

だから、九十九はこう言うことにした。

「少なくとも、お兄さんはそんなこと思ってないよ」

「え？」

小夜子は心底意外そうに目を見開く。

「上手く言えないんだけど」

これは些細な勘だ。

暁樹の言動は頑なだが、どこか筋が通っている。

先ほどは、牛鬼が小夜子に触れようとしたとき、守っているようにも見えた。自分が使役している鬼から守るなど妙な話で辻褄があわないが、九十九には、そう思えたのだ。

上手く伝えられないが……暁樹が小夜子に抱いている感情は、負のものばかりではない。

「お兄ちゃんが……私を、守ってた？」

九十九が判然としないまま言葉にすると、小夜子は困った表情で目を伏せて、考え込んでしまう。適切に言語化できないため、どうしたものかと頭を抱える。

「九十九、邪魔をするぞ」

二人で黙り込んでいると、割って入るようにシロの声がした。

ガールズトークを邪魔するなんて、と怒る空気になれない神妙さがあった。

4

昔は、なんにでもなれると思っていた。

同年代の子供たちが夢を語りあうのを眺めるのは、気分が悪かった。

宇宙飛行士、サッカー選手、俳優、漫画家——彼らが自分に可能かどうかを知るのは、ずっと先だ。大人になって、あるいは、学業を修める過程で少しずつ気づき、少しずつ諦めていく。

けれども、暁樹は物心ついたころから鬼使いの修練をしていた。凡庸な才能しか持たないなりに、使い物になるよう、父親から叩き込まれていた。

選べる未来なんて、なかった。

諦める夢なんて、持てなかった。

だから、妹が生まれたときは素直に嬉しかったのだ。

代わりができて、やっと、解放される。

自分も、他の子供と同じように夢を語りながら学校へ通うのだ。

なにを目指そう。学校の先生になりたい。いや、勉強して医者になろうか。

妹を生贄《いけにえ》に、そう思っていた。

けれども、生まれてきた妹には才能がなくて。

無能で。

おちこぼれで。

結局、暁樹が夢を見ることはなかった。

夢を見られるという、夢を見て終わった。

だから――。

「わざわざ、外界で話があるとは……ロクな考えがないのは、一目瞭然じゃのう」

訪れた鬼を、暁樹は冷ややかに睨んだ。

蝶姫が般若の能面の下で浮かべている表情は見えないが、予想はできる。

「それでも、お前は来た」

暁樹は宿屋に残らせた牛鬼に、こう命じた。

蝶姫を結界の外へ誘い出せ、と。

稲荷神の創り出す宿屋の結界は厄介である。暁樹の目的は果たせない。実際、牛鬼がどのようなことを言ったのかは知らないが、目論見通りに蝶姫は外へ出た。

「あのようなことを言われて……来ぬわけにもいかぬじゃろう」

暁樹が月光に照らされた影に視線を移すと、平面だった地面が盛りあがる。黒い影は人の姿を形成し、やがて、それは牛鬼となった。

牛鬼は面の下で笑っているようだ。

「あっしは一番効果的な言葉選びをしただけでして。別に本気でもないが、あの娘を喰うと脅したら、お姫さんすぐに乗ってくれましたわ。いやあ、すいやせん。半分は本気でしたけどねぇ？」

そこまで言えと命じた覚えはないが、結果的には目的が果たせたので上々か。暁樹が納得しているのを確認して、牛鬼は再び姿を霧のように変える。

長い首に、血のように赤い身体。大きな鬼が現れた。

牛鬼は土地に溜まった瘴気が集まり、鬼となった存在だ。元が人であった蝶姫と違い、よりいっそう、化け物の側面が強い。

これは人と馴れあう類のものではない。

人を喰い、人に害為す災いそのもの。

「やれ」

暁樹が命令すると、牛鬼の影が瞬時に伸びた。

牛鬼が行動に移るよりも先に察知して、蝶姫も動く。互いの影が交わる前に地面を蹴って、人間離れした跳躍で身を引いた。

地面を伝っていった牛鬼の影から黒い煙があがる。鬼の吐く毒素が地を侵し、瘴気で染められたのだ。

「やはり、そういうことか」

蝶姫の身体が歪む。派手な着物の端から小さな蝶へと変化していく。牛鬼の影に触れないよう、霧散するつもりのようだ。

相手は鬼。

神気と瘴気を併せ持つ存在だ。強力な瘴気に当てられれば、バランスを失って崩壊する。その危うさを、蝶姫も充分知っているのだ。

「牛鬼、させるな！」

言の葉に神気を乗せて、牛鬼に命じる。

牛鬼は一瞬で、影へと溶けていった。そして、木々や建物の影を伝って蝶姫へ迫る。

「ぐ、う……！」

蝶姫の姿が完全に消える直前、牛鬼の影が蝶姫に追いつく。

速さも力も、牛鬼のほうが段違いに高い。鬼としての格がそもそも違うのだ。

蝶姫の腕から瘴気の黒い煙があがった。

「妾を……愚弄するな！」

蝶姫は瘴気に侵された腕で地面に張りついた影をつかむ。

影の中にいる以上、牛鬼に物理的な攻撃は一切当たらない。だが、神気や瘴気を帯びた一撃であるなら別だ。

「捕まえたぞ！」

蝶姫が影の中から牛鬼を引きずり出す。

渾身の一撃のようだ。腕が牛鬼の吐いた瘴気に侵され、真っ黒に変色していた。

引きずり出された牛鬼のダメージは少なそうだ。それどころか、牛鬼をつかむ蝶姫の腕を伝って、瘴気を流し込み続けている。

どちらが先に力尽きるかは明白だ。

「平伏せ」

暁樹は鬼を縛る言の葉をもって、蝶姫に命じる。

蝶姫は苦しそうにうめきながら、その場に膝をついた。鬼使いの言葉に縛られて、身動きがとれなくなっている。

小夜子と違い、暁樹は鬼使いだ。言の葉で鬼を縛り、使役する。

それは牛鬼相手に限った話ではない。

鬼である限り、蝶姫も暁樹の言の葉には逆らえない。鎖にからめとられたように、従属させられる。

「う……ぐ、ぁっ！」

蝶姫は暁樹の言の葉に抗おうと、顔をあげた。

般若の能面から紅い血のような、涙のようなものが流れ出ている。あまりの気迫に、暁樹はたじろいでしまった。

なにが蝶姫をここまで突き動かすのだ。

彼女は小夜子を狙うハイエナなのに——。

その刹那《せつな》、暁樹と蝶姫の間を薙ぐように、一陣の風が吹いた。

「——お客様同士の喧嘩は困ります」

いつから、そこにいた？

忽然と現れた気配に、暁樹は背筋が凍る。

ふり返るより先に、首筋に刃を押し当てられた感覚があった。本物の日本刀など、初めて間近で見る。

「今、首が落ちておりましたよ？」

真剣が月明かりを吸って、妖しく煌《きらめ》く。銀に刻まれた波紋が不気味に血を求めているみたいだった。

声は品のいい淑女だが、覇気がある。動いたら確実に首が飛ぶという殺意にも近い警告だ。

このような声など、今まで聞いたことがない。

「旦那！」

牛鬼が蝶姫を放って、そのまま暁樹を助けようと影を移動する。

一瞬で距離は縮まり、背後の人物を退ける——かのように思えた。

「困りますと、申しております」

今度は男の声と共に神気を纏った風が塊となり、牛鬼が移動する影を両断した。コンクリートに覆われた地面からは、土煙があがっている。

「はいぃ⁉」

牛鬼が堪らず実体化し、信じられないと言いたげに叫んだ。

影の中を移動している間は物理的な攻撃など受けつけないはずだ。暁樹にも、なにが起こったのかわからない。

「湯築屋の従業員たる者、お客様のお相手ができなければ務まりませんので」

そよ風が吹き、やがて、旋風《つむじかぜ》となる。

風の力を巧みに操るのは、先ほどの旅館にいた番頭だった。よく見ると、暁樹に日本刀を突きつけているのも、仲居である。

神や妖が泊まる宿の従業員か。

神気のない小夜子や、未熟な若女将などより、よほど恐ろしい。もしかすると、あの子狐も、ああ見えて凶暴なのかも。

「お兄ちゃん……！」

もう一つ声がして、暁樹はハッとふり返る。

「小夜子」

息を切らせて現れたのは、小夜子だった。友達の若女将もいた。

小夜子は蝶姫と暁樹を交互に見て、息を整える。

「蝶姫……」

当然のように、小夜子は自分ではなく、蝶姫のほうへと駆け寄っていった。

♨　♨　♨

足湯ガールズトークに乱入したシロの報せで、九十九と小夜子は湯築屋を飛び出した。暁樹が蝶姫を襲っている。

シロは予測していたようだが、小夜子には寝耳に水だ。そういうことなら、もっと早く教えてほしい！と、九十九はシロに文句も抱えていた。

「ちなみに、儂は言われた通りに盗み聞きはしておらぬぞ！　誓って、違うからな！」

「今、そっちはどうでもいいです！　早く助けに行かないと……！」

「案ずるな。すでに碧と八雲が向かった」

仲居頭の碧は神気が使えないが武道の達人である。

以前に、お客様として訪れた武神・毘沙門天《びしゃもんてん》に「女人ながら乱世であれば、無双の将となれただろうに、真に惜しい」と言わせた腕前の猛者だ。本当に普段の碧からは想像もつかないが、剣の腕だけでそう言わしめるのは流石。

番頭の八雲も湯築の一族の中で、現在、トップクラスの神気の使い手だ。

実家は東予《とうよ》の神社で宮司をしており、志那都比古神《しなつひこのかみ》――つまり、風神の加護を受けている。九十九がシロの力を借りるのと同じように、八雲も風の力を操ることができた。

神気の扱いに慣れていない半人前の九十九よりも、よほど頼りになる二人だろう。

「その二人が先に行ってるなら安心ですけど……むしろ、小夜子ちゃんのお兄さんがボコボコにされていないか心配です」

二人とも、普段はニコニコしているが……怒ると、かなり怖い。

「儂が向かうよりもマシであろうに」

神が相手ならばともかく、相手は鬼と鬼使いだ。

実際は使い魔か傀儡とは言っても、シロが出ていっては完璧にオーバーキルである。

「……湯築の家って、能力高すぎませんか？　九十九ちゃんが謙遜している理由がわかった気がする……」

小夜子が苦い表情をした。九十九も同意はするが、他の神職関係者の家系がどうなっているのか知らないため、ちょっとピンとこない。

本当は、九十九が湯築の巫女だ。

真っ先に神気の修行をしなければならないのに。

女将である登季子の方針で、成人するまでは巫女の修行を行う必要はないというお達しがあるのだ。シロの許可もあった。九十九も学校へ行きながら湯築屋の若女将をこなし、巫女修行する自信もなかったため、助かるとは思っている。

そう思っているが……なんだか、こういう場で役に立てず申し訳ない。

シロが使い魔で毎日見張っているのも、九十九が未熟だからだ。

「そろそろだ」

シロの使い魔に導かれて辿り着いたのは、湯神社《ゆじんじゃ》の敷地だった。

道後温泉本館を見下ろせる小高い丘という立地で、敷地の横は駐車場にもなっている。

主祭神は大国主命《おおくにぬしのみこと》と少彦名命《すくなびこなのみこと》であり、いずれも道後温泉に所縁《ゆかり》のある神だ。

「お兄ちゃん……！」

敷地内では、暁樹と牛鬼、そして、碧と八雲、蝶姫が対峙していた。

蝶姫は左腕が瘴気で侵されており、真っ黒に変質している。般若の能面の目からは血のようなものが流れていた。

「蝶姫……」

蝶姫の負傷を見て、小夜子は動揺し、駆け寄っていく。

暁樹はそんな小夜子を睨んで、歯を食いしばっていた。

「蝶姫、蝶姫……！　大丈夫⁉」

負傷している蝶姫に、小夜子は必死で呼びかける。

「――――」

「そんな風に見えないよ！　早く湯築屋に帰って治療しよう！」

「――――」

「でも！」

蝶姫の言葉は、九十九には聞き取れない。

鬼使いではない九十九には、結界の外で鬼の言葉を聞くのは難しい。

九十九が困っているのを察して、白い猫の姿をしたシロの使い魔が肩に乗る。長い尻尾がもふりと九十九の耳を撫でた。

「妾はよいのじゃ……」

結界の内側と同じように、蝶姫の言葉が九十九にも聞こえた。シロが力を貸してくれたのだ。

「シロ様、ありがとうございます」

「造作もない」

シロの使い魔はモフモフの毛並みの胸を張る。九十九は猫の毛を撫でてやった。使い魔は嬉しそうに喉をゴロゴロ鳴らす。

「だが……結界の外で改めて見ると、小夜子の神気は……」

シロの使い魔は琥珀《こはく》色の両目を細めて、じっくりと小夜子を観察した。

しかし、シロが言葉の続きを発する前に、暁樹が声を荒らげる。

「小夜子、その鬼から離れろ！」

なにを言っているのだろう。

蝶姫は小夜子の友達だ。小夜子を襲ったりなどしない。それに、今は負傷しており、満足に動ける状態ではないはずだ。

なのに、暁樹の眼は真剣であった。

視線に気圧されて、小夜子が動揺している。

「お兄ちゃん、なにを言っているの？　蝶姫は、私の……大切な友達なの！　こんなことして許さない。私の友達に、酷いことしないで……もう……私から、なにも盗らないでよ……」

眼鏡の下の瞳が揺れ、目尻から涙がこぼれる。

それは小夜子の悲痛の叫びだった。

「私には、鬼使いの才能はなかった……でも、お兄ちゃんのことも、お母さんやお父さんのことも嫌いじゃないの……ずっと、あの家で一緒にいたかったのに……どうして、私を追い出したりしたの？」

小夜子を追い出した——。

言い回しに九十九は口を噤んだ。

これは兄妹の会話で、九十九が口を挟めるものではない。

「小夜子」

暁樹は困惑しながら、小夜子の話を聞いていた。

いや、聞き入れるというよりは、受け入れているように思えた。

「お前から盗った、か……」

暁樹は小夜子の言葉を受け入れたうえで、目を伏せた。

「俺からしたら、お前に盗られたんだよ」

暁樹からはすでに戦意が喪失していた。

ずっと物騒な日本刀を暁樹に突きつけていた碧も、刃を鞘《さや》におさめる。

「妹が生まれたとき、その子が鬼使いになれば、自分は別の職に就けると思ってた。周りと同じように進学して、好きなことをしていこうって子供心に思っていたよ……でも、お前のせいで鬼使いになるしかなかった」

暁樹は淡々と語った。表情はなく、ただ用意された文章を朗読しているかのようだった。

小夜子は両手を口に当てる。

「お兄ちゃん」

「でも、そんなこと思ったってどうしようもないだろ」

どうしようもない。

吐き捨てられた言葉は九十九にも刺さった。

どうしようもないから、巫女になる自分を受け入れた？　九十九は自分にそう問うたことが何度もあった。

九十九は湯築の巫女で、生まれたときから決まっていたこと。

それは、どうしようもないことだったのだろうか？

「だから、俺はお前に譲ったのに……あの異常な家から出て、普通に暮らしていけるように。そのために、お前を追放しろって、母さんと父さんに言い続けてきた。お前には鬼使いの才能はない。だったら、あんな家にいるよりも、関係のないところで普通に暮らしていけばいい……俺はそうしたかったのに、できなかった」

暁樹は自分が鬼使いになったのは、どうしようもないことだと思っている。仕方がない。義務なのだと。

だから、小夜子には別の道を歩ませたかった。

それが小夜子の幸せだと信じているから。

「なのに……鬼と友達？　お前は、普通に暮らせばいいだろ！　その鬼がお前を喰おうとしたら、どうする。お前にそれが防げるのか？　その鬼を縛れるか？」

「蝶姫は……私から勝手に食べられようとしたの。だから、蝶姫は私を食べたっていいの！　縛る必要なんてない！」

小夜子は元々、自分から蝶姫に喰われようとした。

それは蝶姫も以前、九十九に語っていたことだ。

だが、蝶姫はそのときは喰わなかった。いい娘に育つまで、喰う気はないと言っていたが……今考えると、その真意は別にある気がしてならない。

「私、とにかく、消えたくて……消えたくて……どこにも居場所なんてなくって……でも、蝶姫は私をそばに置いてくれた。一緒にいてもいいって初めて思えたの」

小夜子は傷ついた蝶姫の身体を抱きしめた。

「今、蝶姫が私を食べたって構わない！」

抱きしめられた蝶姫が小夜子の腕の中で顔をあげている。

絶対に揺るがない。

小夜子の言葉は強くて、美しかった。

その横顔に、九十九も自分の心臓が高鳴る。

九十九も口を開くべきだと思った。

「わたしが口を挟むことじゃないと思いますが……わたしも、生まれたときから巫女でした。他に代わりもいなくて、どうして自分がって思うことも、ときどきだけど、ありました」

湯築の巫女になるのは、どうしようもなかった。

他に誰も代わりがいなかった。

そんな風に思ったことはあった。

けれども、

「でも、わたしは楽しいんです。湯築屋の若女将も、シロ様の巫女も、どっちも楽しいです。誰かにさせられたとか、どうしようもなかったとか、そんなこと関係ないです。わたしは、今のわたしが一番好き。後悔なんてしてません……小夜子ちゃんのお兄さんは、どうなんですか？」

本当にどうしようもないだけだったのだろうか。

逆に聞いてみたかった。

「若女将。今の話を、今度は女将にもしてあげてくださいね」

九十九の言葉に、八雲が微笑んでくれた。碧も嬉しそうだ。よくわからないが、九十九はあいまいに「え？……はい！」と答えた。

不安だったが、肯定してもらえると力がわいてくる。

やっぱり、九十九は湯築屋が好きだった。

「旦那ぁ……こいつら、本気でわかっていやせんぜ？」

いつの間にか、牛鬼が人形《ひとがた》になっていた。戦意は見えない。

「その娘さんの価値は、鬼にしかわからねぇってところですかね」

牛鬼は肩を竦めた。

蝶姫は小夜子の腕の中で顔を伏せてしまう。

小夜子の、価値？

牛鬼の言っている意味を九十九は理解できなかった。

「なるほど、道理でおかしいと思っておった」

シロの使い魔だけが、なるほどと納得した様子だ。

「儂は鬼ではない。故に、気がつかなかったが……鬼餌人《きじびと》なのだな？」

「きじびと……？」

聞き慣れない単語に、九十九は首を傾げる。小夜子も聞いたことがなかったようで、眉を寄せている。

暁樹と鬼たちだけが、沈黙で肯定していた。

「小夜子には、神気がほとんどない。あるのかないのか、初見ではわかりにくいほどにな……だが、その微量の神気がそもそも不自然でもあった。あまりにも弱すぎるのだ。ここまで弱い人間は見たことがない」

「シロ様、それは言いすぎなんじゃ……碧さんみたいに、湯築家に生まれたって神気を持っていない人だって珍しくはないですし……」

「神気を有さぬことが稀有なのではない。あまりに弱すぎることが稀有なのだ。普通は、あれくらい弱ければ、神気は存在しない。中途半端なのだ」

たしかに、小夜子の神気は弱い。

ずっと学校にいたはずなのに、五色浜の一件があるまで、九十九も小夜子の神気に気がつかなかったほどだ。

単に九十九が未熟だからだと思っていたが、シロから言わせれば、小夜子の弱さが稀らしい。

「……鬼使いの中には、鬼の体質に近い人間が生まれることがある。小さいころに読んだ先祖の日記に、ほんの少しだけ書かれていた」

暁樹が口を開く。

鬼使いの中から極めて稀に生まれる特異体質の人間は、鬼餌人と呼ばれる。

普段から周囲の瘴気を少しずつ体内に取り込む体質なのだ。そして、無意識のうちに自分が有する神気と相殺し、浄化している。

故に、外部から感じとれる神気が非常に弱くなってしまう。神気を術に変換することも、鬼使いとしての力を発揮することもない。

「つまり、人間や神から見れば無能ですわな……ただまあ、鬼にとっては別の話でして」

牛鬼も補足する。

鬼は自ら抱える瘴気や怨念から、人とは言葉を交わせない。

しかし、鬼餌人は瘴気を吸い取り、浄化する存在だ。

鬼使いの言の葉を使用しなくても、鬼の瘴気を吸って対話することができる。

「その娘さんの言葉は、あっしら鬼にとっては、ありがたい念仏のようなものでして。すぅっと歌かなにかのように入ってくるんですわ。なにせ、こちらの溜めた瘴気を吸って浄化してくれるんですからねぇ」

小夜子の言葉は鬼にとっては浄化。

そう言ったあとに、牛鬼はこうも続けた。

「鬼がその娘さんを喰わねぇ理由はありませんぜ」

どうして？

小夜子の言葉が鬼にとって浄化になるのなら、どうして、鬼は小夜子を喰いたいなどと言うのだろう。九十九は疑問を抱かずにはいられなかった。

「鬼ってのは周囲の瘴気を溜め込んで、自分の神気で消化しているんで。それは理解していらっしゃる？　じゃあ、話は早い。その胃袋が二つになると考えれば、話は単純ですぜ。鬼の神格があがる。より神気が強く、神に近い……首魁、いや、鬼神クラスになれるんじゃあないですかね？　鬼にとっては、ごちそうですよ」

小夜子を喰えば、鬼の格があがる。

彼女の能力はそれほど稀有で、鬼としては取り込みたいもの。

故に、鬼餌人なのだ。

牛鬼の話を聞いて、九十九はゾッとした。

そんなことが知れたら、小夜子は鬼に狙われるのではないか。

ただでさえ、自分の身を守る術がないのに……湯築屋には、鬼の客も来る。彼らだって、小夜子の価値に気がつけば、結界の外でどんなことをするかわからない。

いや、気がついていないはずがない。

鬼の客人たちは、小夜子を餌だと認識していたのだ。そんなことにも、九十九をはじめとした湯築屋の人間は、誰も気がついていなかった。

今まで、なにもなかったのが不思議なのだ。

小夜子自身も知らなかったようで、唇を震わせていた。

「俺だって、今日、その鬼と小夜子が対話する姿を見るまで気づけなかった……小夜子を鬼から遠ざける必要がある。その鬼だって、小夜子から引き離すべきだ。いつ、小夜子を喰おうとするかわからない」

暁樹はそう告げて、蝶姫を睨みつける。

今の暁樹にとっては、蝶姫は小夜子を脅かす害虫でしかない。明確な憎悪の感情が視線に乗っている。

けれども、

「いや」

小夜子は蝶姫を抱きしめる手を緩めなかった。

「言ったでしょ……私は、蝶姫に食べられたって構わないって。むしろ、食べられて役に立てるなら、それでいい！」

「小夜子！」

小夜子は頑なだった。

頑なに蝶姫を抱きしめている。いや、すがっていた。母親に追いすがる子供のようだ。

純粋に蝶姫を求めて、依存していた。

独りだった小夜子を救ったのは蝶姫だ。

今は湯築屋がある。

だが、ずっと小夜子を支えてきたのは、蝶姫だったのだ。

「馬鹿な娘じゃ」

蝶姫は苦しそうな声で小夜子の手を握った。

優しく、しかし、力強く彼女の腕を解いて立ちあがる。

小夜子は意外そうに、けれど、泣きつくように蝶姫を見あげた。

「心配せずとも、妾が喰ろうてやる。其方は妾の餌じゃからな。出会ったときと、なにも変わらぬ……だから、そのような顔をしてくれるな」

蝶姫は小夜子の頭をそっと撫でる。

子供をあやす母のように、穏やかな声音であった。とても、「喰う」と発言する鬼のものとは思えない。

九十九は二人の様子を呆然と眺めるしかできなかった。

――アレは妾の餌じゃ。

蝶姫に撫でられ、小夜子の髪が揺れた。

「其方は妾の餌じゃ。誰にも渡さぬ……誰にも、渡さぬ」

三つ編みにされた黒髪の下、首筋に薄《うっす》ら赤く光る刻印が見えて、九十九は目を瞬く。

「あの印って……」

「あの鬼がつけた印のようだな」

シロの使い魔も琥珀色の目を細めた。

「鬼は自分の獲物に印をつける」

それは獲物を見失わないための道しるべであり、他の鬼に自分の獲物であることを示す目印。

あの刻印は今つけられたものではない。ずっと以前から――蝶姫と小夜子が出会ったころから、つけられていたものだ。

「蝶姫様は――」

刻印の存在を確認して、九十九は身体が震えた。

蝶姫が小夜子から手を離すと、刻印の光は薄れて何事もなかったかのように消えてなくなってしまう。いつも通り、小夜子の白い首にはなにもない。

きっと、普段は鬼にしか見えないのだ。小夜子自身も、あんな印があることに気がついていないはずだ。

「蝶姫様は、小夜子ちゃんを……ずっと守っていたんですね」

蝶姫は答えなかった。

「他の鬼のものを奪うときは、その鬼の命ごと奪う。こりゃあ、あっしらの常識ですからねぇ。たいていの鬼は面倒臭がって、諦めちまいますわ。鬼同士の横取りを嫌う輩も多いですし……普通、鬼餌人は印なんぞつけずに、さっさと喰っちまうんですがね」

九十九の確信を裏づけるように、牛鬼が腕を組んだ。

他の鬼の印がついている人間に、鬼は手出しをしない。

これは縄張りのようなものだ。

鬼には鬼同士の理がある。

「他の鬼が小夜子ちゃんのことを食べてしまわないように、印をつけていたんですよね？」

蝶姫は最初から小夜子を守っていたのだ。

小夜子のような鬼餌人は鬼にとっては、最高の餌。だから、誰からも狙われないように、自分の餌であるという印をつけていた。

「蝶姫……どうして、私を食べなかったの？」

何故、蝶姫はそこまでして小夜子を喰わなかったのだろう。

誰にも喰わせず、されど、自分も喰わず。

「言うたであろう。妾は自ら喰われに来るような娘を喰うてやるほど、優しくはないと。其方が美味い餌になるまで、待っておるだけじゃ」

蝶姫は困惑する小夜子に、自分の顔を寄せる。

額と額を当てて、両頬を柔らかく手で包み込んだ。

小夜子は恥ずかしそうに頬を桃に染めた。

「というのは建前じゃ」

「蝶姫？」

蝶姫の顔は能面に覆われて見えない。

でも、九十九にはわかった。彼女は今、笑みを浮かべているに違いない、と。それは、きっと母親のように慈しみ深いものだろう。

「妾は其方の声を聞いていたいのだ。ずっと、その声で妾に語ってほしい……妾は其方の言の葉に救われたのじゃ。冥《くら》い海を毎夜彷徨うだけの亡霊であった妾に、人の心を思い出させてくれた……今、喰ろうてしまうのは……寂しい」

小夜子の頬に、更なる大粒の涙が伝った。

小夜子は蝶姫に依存している。

けれども、それは蝶姫も同じだった。

二人の関係は酷く歪《いびつ》で、他人には理解されにくい。共に依存しあっているが、支えあってもいる。互いに、なくてはならない存在。

だからこそ、九十九には……とても美しくて、とても羨ましいものだった。

「妾に声を聞かせるのじゃ。その声が嗄《か》れて、死に絶える日が来たら……そのときは、妾が喰ってやる。それまでは、其方は妾の餌じゃ」

蝶姫は小夜子の頬に伝う涙を、ていねいに指ですくっていく。

「ずっと離してやらぬ。妾の餌が逃げられるなどと思わぬことだ」

「……うん」

小夜子はうなずきながら唇に弧を描く。

蝶姫の想いを受け止めた小夜子の顔は実に晴れやかだった。

小夜子は鬼餌人で、特異な体質だ。

鬼餌人としての能力が発揮される場面はない。ただ、鬼の話を聞き、言葉を使って対話するだけ。

それでも、蝶姫にとっては救いだった。

たった独りで五色浜を彷徨っていた蝶姫には、唯一の救いだったのだ。

孤独に手を伸ばす存在。

小夜子にとっての蝶姫も同じで。

「これでも、小夜子ちゃんに蝶姫様は必要ないですか？」

九十九は暁樹に問う。

暁樹は、ゆっくりと小夜子と蝶姫から視線を外した。

「結局、俺は小夜子の邪魔しかしていないな」

「そんなことないと思います……ちょっと不器用だっただけです」

九十九は改めて暁樹のほうへ向き直り、歩む。

「小夜子ちゃんに、普通の暮らしがしてほしかっただけなんですよね？　鬼使いなんか関係ない、普通の暮らしを」

「……結果的に、俺は小夜子を独りにさせた」

「でも、そのお陰で小夜子ちゃんは蝶姫様に会えました。それに、湯築屋で働くことになったんです。実家にいたら、それはそれで別の出会いがあったかもしれませんが……今の小夜子ちゃん、とっても幸せそうです」

晩樹は顔をあげなかった。

「小夜子ちゃんが鬼餌人だって気がついて、真っ先に心配してくれたんですよね」

「けど、俺は間違って……」

「小夜子ちゃんと、お兄さんには、必要なものがあります。それを、わたしたちはとても簡単に用意できますよ」

九十九は暁樹の手をとって、顔をあげるように促した。

暁樹は不思議そうに眉を寄せる。

視線の先に、小夜子を確認してすぐに逃げようとした。だが、九十九はそんな暁樹の手を放さず、しっかりと両手で握った。

「話しあいましょう。じっくりと、二人で話しあってください。それが、今の二人に一番必要なものです」

強い口調で、けれども、次の瞬間にはフッと顔を綻ばせる。

「静かなお部屋と、美味しいお料理を提供します。湯築屋はいつでもお客様を歓迎していますよ！　もぶり飯、まだお客様の分が残っています！」

二人に足りていないのは、言葉だ。

この二人には、話しあいが必要だった。じっくり話しあい、言葉を交わすべきなのだ。

暁樹は小夜子のことをこんなに想っている。必死に守ろうとしてくれた。それが小夜子に少しでも伝わるように。

その場を提供するのが、湯築屋の役目だ。

「いいですよね、シロ様」

シロの使い魔をふり返ると、ちょっと面倒臭そうにため息をついていた。

「客同士で争われるのは御免だが……早めに治療を要する客がいるからな。儂には鬼の治療などよくわからぬし、ただ湯治させるだけというのも無責任であろうに」

使い魔は仕方がないと言いたげに許可を出すが、きっと、それなりの理由がなくともそうしただろう。

「じゃあ、小夜子ちゃんのお兄さん。手を貸してくださいね」

「なっ……勝手に！」

「勝手じゃないです。決まったことです」

そう言って手を引くと、暁樹は居心地悪そうに頭をかいた。

そんな暁樹を小夜子も見つめていると気づいて、九十九は嬉しくなる。

この二人なら、大丈夫。

根拠はないが、そう確信できた。

5

「じゃあね、九十九ちゃん……いいえ、若女将。少しお暇をいただきます」

湯築屋の玄関で、小夜子はていねいに頭を下げた。

これから、小夜子は残りの夏休みを利用して南予にある実家へ帰ることとなった。もちろん、学校がはじまるまでに戻ってくる。

蝶姫は怪我があるため、当分の間は湯築屋で湯治する。暁樹が施してくれた治療のお陰で、傷の状態はいいが、神気が疲弊している。小夜子の里帰りについて行けず、悔しそうだった。

「お兄ちゃんが一人で帰るのは、寂しいと思うから」

「なっ……そんなことないぞ⁉ 行きは一人で電車に乗った！」

反論する暁樹の隣で、小夜子は穏やかな表情だった。

あんなに実家の話をするとき、怯えていたのに。今の小夜子はとても落ち着いており、そして、柔らかい顔をしていた。

暁樹を再びお客様として迎えて二日。

最初は、小夜子も暁樹もぎこちない様子で会話をしていた。けれども、徐々に打ち解けていったようで、今ではだいぶ自然に話せるようになっている。むしろ、自然すぎるくらいだ。

小夜子の適応力がなかなか高いことは知っていたが、これには九十九も驚いた。

「お父さんとお母さんは、私のこと、どう思ってるのか心配だけど……」

「大丈夫だよ。だって、小夜子ちゃんのご両親だもん」

「そうかな」

「絶対、そう！」

九十九が労《ねぎら》うと、小夜子は力強くうなずいた。

その隣で、暁樹が咳払いする。

「二人とも後悔していたよ。でも、大丈夫だ。俺が鬼使いを継いだからな……それまでは、周りからいろいろ言われて精神的にもキツかったみたいだが。今は俺がいる」

小夜子が責められたのは、鬼使いを継げる者がいなかった故だ。

結局は暁樹が鬼使いを継いだため、地元の風当たりも弱まったらしい。今なら、小夜子が帰省してもいいという判断だった。

元々、暁樹は小夜子の様子を見に松山へ来た。小夜子がよければ、南予へ連れて帰ろうとも考えていたらしい。本当に素直ではない。

「ま、旦那は大口叩いていますけど、あっしから見れば半熟ですよぉ」

胸を張る暁樹の隣で、牛鬼がシレッと欠伸《あくび》をした。

「は？」

「旦那の中途半端な神気で、あっしの鬼使いが務まると思ってるんすかぁ？　もっと修行してもらわないと困りますぜぇ？　短気でツンデレなのも直すことですね。まあ、あっしは旦那が気に入ってるんで、別にいいんすけどね」

「え、お前、なに言って……」

「どうしても、鬼使いにならなくちゃいけねぇからって、毎日チンケな小遣いを神社の賽銭箱に叩きつけに行く姿を見せられ続けたら、ちょっとは情も移りますよ」

「なっ、そ、それ、いつから⁉」

「旦那が六つのころから？」

「それ最初からだろ……！　だいたい、お前……」

「あっしだって、主の好き嫌いくらいはありますぜ。それに、大昔と違って使役されてから長いんです。今更、野性に還って人を襲って喰うのも面倒臭《くせ》ぇってモンですわ。あっし、これでもグルメなんですぜ。あ、もぶり飯は美味かったっす」

　牛鬼は飄々と肩を竦めながら言う。

　二人のやりとりに、九十九は苦笑いした。

　暁樹は気づいていなかったのかもしれないが、九十九から見ても牛鬼はとても強い鬼だ。

両者の神気の強さを比較したとき、妙にバランスが悪いと思っていた。

　初めて暁樹に会ったとき、牛鬼を使役しているとは、まったく予期できなかったのも、それ故だった。

　あのときは、上手く隠匿していただけだと思っていたが、今ならわかる。牛鬼は、暁樹に縛られているからではなく、自ら望んで使役されているのだ。

　本来なら、暁樹が牛鬼の鬼使いになるのは難しい。せいぜい、蝶姫を使役する程度だ。

　それなのに、牛鬼が暁樹に使役されているのは、

「あっしも、旦那が好きってことですよ」

　ニシシと、牛鬼は冗談っぽく暁樹を小突いた。

　暁樹は実力不足と言われて恥ずかしそうにしていたが、すぐにかしこまった咳払いをする。

「そ、そうか……だが、すぐに力で使役してやるからな」

「あいよ、楽しみにしてますぜ」

　暁樹は鬼使いになったことを「どうしようもなかった」と言っていた。

　それは、たぶん、本当のことなのだ。

　暁樹は鬼使いになる道を選ばされた。

　けれども、それればかりではないと、九十九は信じている。

「鬼使いも、楽しそうですね」

九十九は湯築の巫女しか知らない。しかも、巫女としての修行も半端だ。

だから、暁樹がどのような修行をし、どのように鬼使いになったか知らない。

それでも、今の暁樹を見ていると、「どうしようもない」ことばかりでもない気がする。

「ああ、それなりに」

暁樹ははっきりとした声で、九十九の問いに返答する。

隣で小夜子も嬉しそうにしていた。


黄昏のような藍色の空を眺めながら、縁側に足をぶらり。

庭に咲いた朝顔の花は、薄暗い景色に沈まず鮮やかだ。結界内なので暑いわけではないが、風鈴がチロリンと音を立てていた。風もないのに不思議だ。

夕暮れのような空に、蛍の火が舞っていく。

九十九の隣にはシロ。

二人の間には、架け橋のようにスイカの皿が置いてあった。

「小夜子ちゃんたち、もう向こうに着いてますかね?」

「おそらく」

シロは興味があるのか、ないのか、淡泊な反応をしていた。

吐息と煙管の紫煙が混じり、空気に溶けていく。宙を見つめる琥珀色の瞳が神秘的で、端麗な横顔を強調している。

人ではないものの美しさだ。

「なんだ、九十九。儂に見惚れていたか？」

「これで調子に乗らなかったら、いいんですけどね……台無しですよ」

「むむ。なんの話だ？」

シロは怪訝そうに口を曲げた。

そうかと思うと、次の瞬間にはスイカを食べて「美味い！」と感嘆していたりするので、本当に気まぐれだ。

使い魔の猫率が高すぎて、影響されてる？

「やっぱり、わたし……小夜子ちゃんが羨ましいなぁ」

九十九もシロを、もっと知りたい。

そう言葉に込めているのを隠したくて、軽く言ってみた。

「九十九には、九十九のよさがあろう。九十九のような神気の人間は、なかなか現れぬぞ」

「そういう意味じゃないですってば」

「では、どういう意味だ？」

シロは純粋な表情で九十九の顔を覗き込んだ。宝石のような琥珀色の瞳を見ていると、なにもかも見透かされてしまいそうで怖い。

どうしよう。

なにもやましいことなどないはずなのに、ドキドキしてしまう。

「なにをそんなに動揺しておる？」

「ど、動揺なんて……」

「さては、隠しごとでもあるか？」

隠しごと。

——わたし……シロ様が好きみたい。

思い当たった瞬間、九十九の顔は真っ赤に染まった。

「嗚呼、そうだ。九十九」

シロは挙動がおかしい九十九をジロジロと眺めていたが、やがて、悪戯っぽい表情を浮かべた。先ほどまで大人しかった尻尾をうしろでブンブンとふっている。

これは、よくないことを考えているなと直感した。

「小夜子のように、儂をハグするがいい」

「は……はぐ⁉」

唐突な要求に、九十九はますます焦った。動悸を通り越して、心臓が止まったと思う。

いや、止まった。死ぬかと思った。

「儂だって、あの二人を見て羨ましかったぞ。九十九からハグされたことはないからな。儂も、あれがよい！」

「子供ですか？　だいたい……ハ、ハグっていきなり言われても……」

「むむ？　あれはハグというのではないのか？　抱擁《ほうよう》のことだぞ？」

「言い直さなくても、知ってますってば！」

ニコニコと要求してくるので、九十九は顔を両手で覆った。

どうして、そんなことを平気で言えるのだろう。

「ハグなんて、いつもしてくるじゃないですか。勝手にすれば……いや、勝手にされるのも困りますけどね？」

「嫌だ。儂は九十九からハグされてみたいのだ」

仕舞いには、駄々をこねて尻尾で縁側をベシベシと殴りつけている。音が響いてうるさいので、九十九はシロの尻尾を両手で押さえつけた。

「し、尻尾にならいいですよ！」

「尻尾だけとはケチではないか」

「い、いいんです！　ドケチなんです！」

九十九はそう言い張って、シロの尻尾に抱きついた。

白い毛並みに、顔を隠すように埋める。とても温かくて、くすぐったい。毛の一本一本が長くて、ふわりとしていた。柔らかいが、しなやかでもある。

普通の動物と同じようにお尻からは骨と肉がついていて……ギュッと抱きしめると、そこに触れられた。

こうやって、シロの尻尾に埋もれるのも久しぶりだ。

小さいころは、よく遊んでいた。

「やはり、よい」

すっかりシロの尻尾に埋もれている九十九の頭を、シロが撫でてくれる。

「九十九に触れるのは温かくて好きだ」

その言葉に胸がキュッと締まる。

九十九はシロの巫女で、妻だ。

けれども、それは湯築の代々の巫女みんな同じだった。シロは偏りなく、巫女を妻として娶っている。

九十九だけを好きだと言っているわけではない。

シロは神様だから。

蝶姫や小夜子たちのように、心から支えあうことなどない。苦しみや悲しみを分かつこともできない。永遠のように長い時間を生きるシロにとって、九十九は過ぎ去っていく巫女の一人。

シロは蝶姫のように、願えば九十九を食べてくれるだろうか？

そうなったら、ずっと一緒にいられるのに。

でも、こんなことなんて言えない。やっぱり、小夜子が羨ましい。

「美しくて、愛らしい我が妻」

もうそれ以上、言わないでよ。

わたし、勘違いしそうだから。

「そろそろ終わりです。さあ、お仕事お仕事！」

九十九は振り切るように、シロの尻尾から身を剥がした。

温かい毛並みを手放すと、ちょっぴり寒い気がする。

「もう終わりか？　あと五分くらい、いいのだぞ！　儂の尻尾は気持ちがよかろう？」

「調子に乗らないでください！　いつも言ってますよね？」

九十九はシロの手を雑に払いながら、顔をプイッと逸らす。フンッと鼻を鳴らしながら、両掌を前に突き出して断固拒否のポーズをとる。

ガッカリして肩を落とすシロを無視して、九十九は進む。

今日もお客様をお迎えしているのだ。

気持ちを切り替えていかないと！

手にほんのりと残る尻尾の熱を、名残惜しいなんて思わないように。

跳. 幸運はふわり

1

シャン、シャン。

湯築屋に鈴の音が鳴り響いた。

お客様が結界の中へ入った合図だ。

アルバイトの小夜子の提案で、最近採用されたシステムである。これにより、従業員たちが揃ってお客様をお出迎えするためである。

鈴の音を聞いて、九十九も玄関へと向かう。

もちろん、走ったりはしない。できるだけ急いで、だ。

もっとも、着物だと大股歩きはできないため、小さめの歩幅でチョコチョコと歩くことになってしまう。

「お客様っ！　いらっしゃいませ！」

九十九より先に、コマが玄関へ辿り着いていた。元気のいい声が聞こえてくる。九十九も気を引き締めて、楓柄の袖と背筋をピッと伸ばす。

「いらっしゃいま……あれ？　将崇君？」

玄関に立つお客様に、九十九はパチパチと瞼《まぶた》を見開く。

そこにいたのは、クラスメイトの刑部将崇だった。クルリと愛くるしい目に、なんだかすこぶる不機嫌そうな表情を浮かべている。

人間として学校に通っているが、彼の正体は化け狸であった。普通の人間のように、湯築屋の結界に阻まれない。

「勘違いするなよ！　お前に会いにきたわけじゃないんだからなっ！」

将崇は聞いてもいないのに、勝手に顔を真っ赤にしながら叫んだ。

「え、うん……わかってるよ？」

「なに納得してんだよ！」

「どっちなの？」

将崇の言っていることは、いつもよくわからない。

九十九は困ってしまったが、将崇の腕に抱かれたモノを見て眉を寄せた。

将崇が抱いていたのは、大きな「モフモフ」である。

サッカーボールほどの白くて丸い綿毛であった。一瞬、毛糸玉に見えたが、どうにもソレは生き物のようだ。

「将崇君、ソレなに？」

九十九が問うと、白い物体が動いた。

ピクンと跳ねるように、小さな耳が二つ立ちあがる。そして、大量の毛玉の間から赤い瞳がキラリと光を放った。モゾモゾとうごめく様が少し不気味で、九十九は身震いする。

「ソレとは失敬な」

口のようなものは見当たらないが、毛玉は妙に威圧的な態度で九十九に抗議をしていた。しかし、変声期前の少年のような声だったためか、ほとんど恐怖は感じない。

毛玉はボールのように将崇の腕から足元へと跳ねた。そこで、九十九は初めて手足がついていることに気がつく。

小さな耳に、毛玉みたいに丸っこい身体。

アンゴラウサギっぽいと思ったけれど、九十九は言わないでおいた。

「朕《ちん》はケサランパサラン。神の営む湯屋で働く者ならば、名くらいは知っておろう」

ケサランパサラン。

江戸時代以降、民間伝承として語り継がれてきた謎の生き物だ。外観はたんぽぽの種のような不思議な綿毛で、空中をフワフワと漂っているという記述がある。箱に入れて白粉《おしろい》を与えると増えるだとか、幸運を運んでくるだとか言われていた。

「さあ、頭《ず》が高いのだ。朕をもてなすがよい」

アンゴラウサギ……ではなく、ケサランパサランはもふっとした胸を尊大に張りながら、九十九にそう命じた。

経緯はわからないが、お客様として訪れたことに間違いはないらしい。

それならば、もてなさない理由などなかった。

「ケサランパサラン様。湯築屋へようこそいらっしゃいませ！　若女将の湯築九十九と申します。どうか、よろしくおねがいします」

九十九は、ていねいに三つ指をついてお辞儀した。

ケサランパサランの表情はモフモフすぎる毛玉によって見えにくかったが、「うむ」と満足げに返答する。

「ふむふむ……当代の巫女も実に素直で美しいな」

ケサランパサランはピョンッとジャンプして玄関へとあがる。見た目がアンゴラウサギなので、スリッパを勧める必要もない。

「そうであろう？　我が妻は美しいであろう？」

ケサランパサランの独り言のようなつぶやきに応じたのは、シロであった。いつものように、いないと思っていたら急に現れる。

実際のところは、九十九のことはいつも見ているので、そばにいない時間などないのかもしれない。

驚きもせず、ケサランパサランは毛に埋もれた目をシロに向けた。

「嗚呼、そなたのような雑《ま》ざりものには、勿体ないほどにな」

雑ざりもの、という言い回しが妙に引っかかった。

ケサランパサランは厳密には妖の類である。ものすごく落ち着きはないけれど、仮にも神様であるシロに対して、そのような言い方をするのは違和感があった。

対して、シロは気に留めていない素振りで九十九の肩に手を回している。

「未だ結んでいないとはな」

ケサランパサランはぽよんぽよん跳ねながら、何気なく言った。

「お客様、お部屋をご用意しております。こちらへ、どうぞ」

「うむ、ご苦労」

仲居頭の碧が、丁重に対応して、ケサランパサランを客室へと案内していく。ケサランパサランは、碧のあとをついてピョンピョン跳ねていった。

「…………」

ケサランパサランを視線で見送る。

九十九にはケサランパサランが言っていた意味がわからないが、シロは一瞬だけ表情を曇らせていたように思う。しかし、シロからの反論はなかった。

これもシロの「九十九に知られたくないこと」なのだろうか。

そう察したので、九十九は黙っていようと決める。

けれども、同時に「もしかすると、ケサランパサランに聞けばシロの秘密を教えてくれるかもしれない」という甘い誘惑が芽生えてしまう。

他のお客様も、みんなシロの秘密を知っている素振りをしていた。けれども、誰もがシロの手前、口を噤んでおり、語ってくれようとはしなかった。

ケサランパサランには、その遠慮がないようだった。

九十九は首を横にふる。

だって、自分は待つと言ったのだから。

シロが話すのを待つと決めた。この話はここで忘れよう。そうするべきだ。

「わあ！　すごいですっ！　ウチ、てっきり人間かと思っていました！」

ケサランパサランに気をとられている間に、コマが黄色い声をあげた。

「はんっ！　この程度、朝飯前だぞ！」

将崇が変化《へんげ》を解いて狸の姿になっていた。

狸の姿でコマと並ぶと、ちょうど同じくらいの背丈である。胸を張る将崇に、コマが小さな手でパチパチと拍手をしていた。

「ウチ、全然上手く化けられないんです……あんなに上手に化けられるなんて、尊敬しますっ！　故郷の狐よりも、お上手でした！」

コマは化け狐だが、変化が苦手だ。と言っても、九十九はコマが実際に変化しているところを見たことがなかった。コマは短時間しか変化できないため、あまり化けたがらないのだ。

そんなコマには、変化が得意で毎日、人間に混ざって学校へ通っている将崇が輝いて見えるのだろう。

瞳をキラキラとさせながら、尊敬の眼差しを向けていた。

「すごすぎますっ！　かっこいいです！　ウチにも教えてください！」

「ば、馬鹿……そんなに褒められたって、嬉しくないんだからな！　馬鹿にするな！」

「でも、すごいものはすごいですっ！」

将崇はコマから讃えられすぎて、調子が狂っている。けれども、満更でもない。耳のうしろをかきながら、コマから視線を逸らしてしまった。

「将崇君、ケサランパサラン様とお知り合いなの？」

将崇がどうして湯築屋に来たのか疑問であった。

彼はシロとあまり仲がよくない。自分から進んで湯築屋に来るとは思えなかった。

「まあな、あいつは爺様《じじさま》と仲がいいんだ。温泉に入りたいって言うから、案内してやっただけだぞ」

将崇はそう言いながら、ちゃっかりと玄関へとあがる。

どうやら、ケサランパサランを案内しただけではなく、自分も宿泊するつもりらしい。

「用が済んだならば、帰ればよかろうに。我が妻を誑《たぶら》かす小賢《こざか》しい狸をもてなす用意などしておらぬ」

「なんだとぉ⁉」

シロはシッシッと追い払う動作で将崇を冷遇した。

将崇も小さな身体でシロを睨んでいる。

「まあまあ、シロ様……」

将崇は悪事を働くような妖ではない。それに、今回はお客様であるケサランパサランを運んできたのだ。

九十九は仲裁するため、割って入ろうとした。

「白夜命様っ！　ウチにお任せください！」

二人の間にバチバチと飛んだ火花をものともせず、コマがピョコッと前に出た。コマは気合いを入れて袖をまくりあげながら、ドンッと胸に手を当てる。

「師匠はウチがおもてなしします！」

コマが張り切っているものだから、シロは意外そうに口を噤んでしまう。

「師匠⁉　だ、誰が、お前みたいな狐なんか弟子に……！」

将崇も面食らっている。

元々、将崇はシロ個人への復讐のために九十九に近づいた。同じ狐であるコマから「師匠」と呼ばれるのは不本意かもしれない。

「おねがいします、白夜命様っ！」

けれども、コマは一生懸命に頭を下げている。今まで、自分からなにかを懇願するコマを見たことがないので、九十九もシロも声が出なかった。

「……ならば、儂はなにも言わぬよ」

最終的に、シロが折れる形となった。

シロは巫女である九十九に甘い。いつも甘やかして、好きなようにさせてくれる。

それは従業員に対しても同じであった。

「この結界内では、大した妖術も使えぬからな。邪魔な狸が一匹や二匹いたところで、変わらぬ」

シロはそう言い残して、くるりと踵を返す。

ちょっと拗《す》ねているように見えた。

「ありがとうございますっ、白夜命様！　さあ、師匠！　お部屋へご案内します。こちらへどうぞっ！」

「だ……だから、誰が狐の師匠なんかに！」

コマがチョンチョコ歩くうしろを、将崇が不服そうについていく。

九十九は二匹が通り過ぎていくのを微笑ましく思った。

2

「朕は露天風呂でお酒が飲みたいのだ」

そんなお客様の要望を叶えるべく、盆に冷酒を載せて九十九は露天風呂へと足を踏み入れる。

男湯へのお届け指定だったため、どうやら、アンゴラウサギ風の見た目をしたケサランパサランは雄、いや、男性だったらしい。

カランコロン。

ぷかぷか、ぷくぷく。

湯気のあがる湯船に浮かぶのは、綿あめ、ではなく、ケサランパサランだった。水を吸った体毛がビターンと湯に広がっている。

狸姿の将崇も一緒にぷかぷかと浮いていた。

なんだか、動物園みたい……と、口にすれば、たぶん怒られるので言わないでおくことにした。

「お客様、ご注文の品をお持ちしました」

九十九は声をかけながら、露天風呂の岩場に盆を置いた。

風呂桶風の器に載っているのは、ガラスの徳利とお猪口《ちょこ》。そして、小鉢。

「こちらのお酒は、道後蔵酒《くらざけ》です。フルーティーな甘みと、独特の香りが楽しめる地酒ですよ」

お酒を勧めると、ケサランパサランはぷかぷかと浮いたまま、こちらへ移動してくる。

興味深そうに赤い目を細めながら、「やっと来たか」とつぶやいた。

空気を含んでいるためか、濡れた体毛には、ぷくぷくぷくと小さな気泡がついている。

「ほお、どれどれ……むむ⁉　この小鉢は、まさか……！」

ケサランパサランはチョンッと露天風呂の岩場に飛び乗って、桶の中を覗き込んだ。

地酒ももちろんだが、彼が強く興味を惹かれているのは、小鉢であった。薄く醤油の色がついた里芋や、軟らかく煮たにんじん、鶏肉などが入っている。

パッと見ると、里芋の煮物だが……。

「それは、いもたきです」

「やはり！　いもたき！」

ケサランパサランの目の色が変わった。

毛の中に埋まっていた耳がピッと二本立つ。身体をブルリと震わせたせいで、ビチャァッと湯が散った。

「朕、いもたき大好きだぞ。でかした！」

いもたきとは、愛媛県の秋の風物詩。

里芋を中心とした具材を大きな鍋で煮て、みんなで囲むのだ。

河原などで特設会場が設営され、「いもたき大会」を開催する地域も多い。無論、家庭でも同じものを作って楽しむことは可能だが、やはり、外で食べる鍋は格別だ。

「露天風呂酒もいいが、朕はいもたきがやりたくなったぞ！　食べたいぞ！」

ぴょこんぴょこんと飛び跳ねながら、ケサランパサランはいもたきに大興奮していた。

前足で器用に徳利を持ちあげてグイッと清酒を飲み干してしまう。フワフワの見た目に反して豪快すぎる飲みっぷりだ。

「お、俺はどっちでもいいんだからな！　ケサランパサランがやりたいって言うなら、考えなくもないけどな！　いもたきなんて、里で毎年やってるからな！　里のいもたきは、餅巾着も入って豪華なんだぞ⁉」

聞いてもいないのに、将崇が顔を赤くして叫んでいた。しかし、茶色い尻尾がクイクイ揺れており、とても嬉しそうだ。

「狸の里でも、いもたきやるの？」

「当たり前だぞ。お前、俺をなんだと思っているんだ。伊予狸の総大将、隠神刑部《いぬがみぎょうぶ》の孫だぞ」

「関係なくない？」

「里のいもたきはすごいんだぞ。こんなチンケな宿のより、ずっと豪華だ！」

将崇は張り合うように胸を張って、腰に手を当てた。

だが、小鉢のいもたきを一口食べると、「う……美味すぎる！」と表情を変えている。

彼は天邪鬼《あまのじゃく》だが、どうしようもない正直者でもあった。

「そう言うと思って、いもたき大会の準備をしていますよ」

九十九はお客様たちを眺めて、ニコリとした。

ケサランパサランも将崇も、パァッと表情を明るくしながら「本当か⁉」と叫んでいる。

元々、今日は湯築屋のいもたき大会が予定されていたのだ。

幸一《こういち》の作ったいもたきをたくさん用意している。そこにケサランパサランや将崇も加わってくれればいいと思い、九十九はあえておつまみとして、いもたきを小鉢に盛ったのだった。

本日は、現在の宿泊客以外にも常連を呼んでいるため、にぎやかなほうがいいだろう。

「朕は先に行くぞ」

ケサランパサランはモフモフの身体をボールのように弾ませながら、脱衣場へと向かってしまう。

「あ、ズルい！」

ケサランパサランに続いて、将崇が湯船から跳びあがった。

「お客様、浴場では跳んだり走ったりしないでください！」

我先にと脱衣場へ急ぐお客様たちに、当たり前の注意をする。彼らは顔を見あわせたあとに、少しだけシュンとして「……わかった」と声を揃えた。

湯築屋のお客様は本物の神様が多いが、だからといって、なんでもしてもいいというわけではない。

「ゆっくりご準備ください。いもたきは逃げたりしませんから」

九十九が続けると、二人は「わかった！」と述べて脱衣場に歩いていく。

もっとも、ケサランパサランは跳びはねての移動しかできないようだ。将崇がケサランパサランを頭に乗せて運んでいった。

そういえば、彼は来館のときも将崇に抱かれていた。ケサランパサランの口ぶりからして、将崇のことを運転手というか足のように使っている印象だ。

ケサランパサランも将崇も態度は大きいが、とても聞きわけがいい。こういう言い方をすると怒られそうだが、「いい子だな」と微笑ましくなる。

神様だって、威厳のあるしゃべり方をしているが、実際の中身はシロのようなものだったりもする。九十九にとって親しみやすい神様が多かった。

妖は全体的に少ないのだけれど、楽しいお客様ばかりだ。

「いもたき、楽しくしましょうね」

せっかくのいもたき大会だ。

やはり、楽しまなくては。

九十九は気合いを入れ直しながら、空っぽになった冷酒と小鉢の器を回収した。


湯築屋の秋は庭が鮮やかだ。

地を埋め尽くして咲く彼岸花が絨毯のようだった。木はイチョウの黄色で染まっている。秋が深まってくると、紅葉の幻影によって、木々も紅く染まる。木の葉は枯れることなく赤々とした色を放ち続け、やがて、ある日パッタリと別の様相に変わるのだ。それは、雪であったり、椿であったり、冬の模様。

最近は、シロがテレビでハロウィンを覚えたため、唐突に庭がカボチャで埋め尽くされることもあるけれど。

要するに、湯築屋の庭はシロの気分次第。

シロが飽きれば、別の風景となる。

たまに、暦を忘れて、冬半ばまでコスモスが咲いているという年もあった。そういう場合は、たいてい、お客様から季節感がないと苦情が入る。そんな事故をなくすために、九十九はシロに毎日カレンダーを見せることにしていた。

湯築屋には四季の移り変わりが存在しない。暦を見せることでシロに学習させる作戦だ。最近は外国のお客様もたくさん来るので、四季も大切なサービスの一つとなる。

湯築屋のいもたき会場は、当然、秋の幻影に彩られた庭に準備されていた。

大きなアルミの鍋を囲うように、大小のブルーシートが並べられている。料理長の幸一が大量の具材を鍋に投入し、味の調整を行っていた。器は、野外イベント感を出すため、発泡スチロールのどんぶりと割り箸だった。

まさに、いもたきの定番スタイル。

「月がないのが、なんとも寂しい。朕は月見酒がしたいぞ」

そうボヤいたのは、ケサランパサランである。

九十九もなんとなく、頭上を見あげた。

広がっているのは、藍色を溶かし込んだ黄昏色の空。沈みゆく太陽も、見下ろす月もなく、星の瞬きも身を潜めている。

九十九にとっては見慣れた景色だが、ケサランパサランの言う通り、寂しいものであった。

「月見酒などすれば、酔うまで呑んで我が妻に叱られてしまう」

ケサランパサランのつぶやきに返したのは、シロであった。

シロは道後ビールの小瓶を持ったまま、フラリと九十九の隣に立った。道後ビールを見て、ケサランパサランは「ほむ。美味そうだ」と声を漏らす。

「でも、シロ様。幻影で月も出せるんじゃないですか？」

「月でも花火でも好きなようにできるぞ」

「じゃあ、やればいいのに」

空にはなにもないのだ。月や星くらいあってもいいと思う。

実際、ケサランパサランのように空を寂しいと言うお客様は他にもいた。

「できぬことはないが、やるかどうかは別の話だな」

「どういう意味ですか？」

九十九の問いに、シロは押し黙る。

その沈黙が、九十九にも口を閉ざすことを強いているような気がした。

「ぽんっ！」

「わあっ！　流石は師匠っ！　すごいですっ！」

いもたき会場で、黄色い声とパチパチと拍手が聞こえる。将崇の変化を目の当たりにしたコマが、ピョンピョコ跳ねながら手を叩いていた。

将崇は気をよくして、「このくらい、朝飯前だ！」と言いながら頭に葉っぱを載せて跳ねる。すると、ボワンッと煙があがって、小さな狸から人間の少年の姿に変化していた。

「ふっふっふっふっ！」

将崇は腰に両手を当てて、高笑いする。そうとう気分がいいらしい。

「ぽんっ！」

ボワンボワンッッと再び煙が立ち込めると、今度は女の子の姿になっていた。丸い垂れ目がチャーミングで、愛嬌のある少女だ。

「女の子にもなれるなんて、すごいですっ！」

コマは小さな手をものすごい速さで動かして、小刻みに拍手した。音がパパパパパパパンッと連続して休む暇がない。

「お前だって、やればできるんだろ？　妖気は強くなさそうだが、狐なんだし」

将崇は女の子の姿のままであぐらをかいてブルーシートの上に座る。

コマは「う……」と口ごもる。

「ウチ、あんまり……得意じゃないんですぅ……」

しょんぼりと、耳と尻尾を下げてしまうコマ。

「一瞬くらいは化けられるだろ？」

「ま、まあ……一分くらいなら、なんとか……でも、ウチ……想像力ないので知ってる人に似てしまって……」

将崇に求められて、コマは小さな身体をモジモジと左右にふった。

「最初は誰だってそんなモンだろ。やっておかないと、感覚だって鈍っていくんだ。ますます、化けられないままになるぞ？」

「う……たしかに……」

コマは少し考えたあとに、渋々とうなずいた。

苦手だからと、やらなければいつまで経っても上達しない。

もちろん、湯築屋では変化しなくてはいけない場面はない。妖気を自在に操れる必要性も薄かった。上達したところで使い道はあまりないのだが……やはり、コマも化け狐だ。いつまでも化けられないのは、格好がつかない。

それに、変化が上手ければ湯築屋の外での用事ができる。買い物に行ったり、届け物をしたり。それはそれで、便利だとは思う。

そういえば、九十九はコマの変化した姿を見たことがない。純粋に興味があった。

「じゃあ、ちょっとだけ……」

コマは恥ずかしそうに顔を赤くしながら、グッと両手を握りしめた。まだ踏ん切りがつかず、迷いがある様子だ。

それでも、コマは精一杯、声を出した。

「こんこんこん　おいなり　こんこんっ！」

将崇が口で「ぽんっ！」と言って変化するのと同じだろう。コマの変化にも「かけ声」のようなものがあるようだ。

コマの小さな身体がもくもくとあがった煙に包まれる。

煙の中でピョンと跳ねて宙返り……しようとしたら、そのまま着地できずに「あふっ」という声と共に地面に四肢をついてしまう。

それでも、変化は成功しているようだ。煙が晴れると、人間の姿が薄らと浮かびあがった。

「なんだ！　やればできるじゃないか！」

煙の中から出てきたのは、女の子だった。

瑞々しい桃色の頬は、まだ少女の域を脱しない。くるりと丸いが、凛として意志が強そうな瞳。ほっそりとしたうなじのうしろで、くるんとポニーテールの毛先が踊っている。

コマの変化した姿は、とても九十九に似ていた。

「ど、どうですか……？」

九十九に似た姿のコマは顔を真っ赤にしながら、両手をモジモジとあわせる。

しかも、パジャマ姿だ。どうして、パジャマ姿なのだろう。バストラインまでくっきりと見えてしまっており、何故か九十九が恥ずかしくなった。

「お……お、おう……」

将崇は言葉を失って、口を半開きにしていた。

「やっぱり、下手ですよね……ウチの変化……」

コマは九十九の姿のまま、悲しそうに顔を下げた。

パジャマ姿の少女から、いじらしい視線を向けられて、将崇はなにも言えないようだ。顔を赤く染めたまま、固まっている。

「コマ、下手じゃないよ。とっても、上手に変身してるよ……！」

語尾に「なんで、パジャマなの？」と続けたいところを我慢して、将崇の代わりに九十九がコマに声をかけた。

「本当ですかっ？」

コマがパァッと表情を明るくした。その途端、隠していた狐の耳と尻尾がピョコンッと生える。

油断すると出てきてしまうようだ。

「お、おう……すごい綺麗だぞ」

将崇は放心した状態のまま、うなずいた。「綺麗」がコマの変化のことを表しているのか、コマが変化した姿のことを示しているのか、この状況ではわかりかねるが。

「ありがとうございます、師匠っ！」

コマは狐の尻尾をブンブンふって、将崇に飛びついた。

感極まったようで、目尻に涙まで浮かんでいる。

「あ、あうっ⁉」

「うふふ、師匠っ！」

九十九によく似た姿のコマに飛びつかれて、将崇が顔を真っ赤にしたまま悶絶していた。

あれはコマだ。九十九自身ではない。

理解しているのだけれど、目の前で自分と似た姿の女の子が、シロ以外の男（狸だけど！）に抱きついている姿を見るのは複雑な心境だった。

何故だか夏に縁側で、シロの尻尾に抱きついたことを思い出してしまう。とてつもなく恥ずかしくなって、九十九は逃げ出したかった。

「むぐ……なんだか、むずむずするぞ」

なにか思うところがあったのか、隣でシロが歯ぎしりしていた。

九十九と同じ気持ちでいてくれているのだろうか。それとも、単に自分の巫女を盗られた気分になって面白くないのだろうか。あるいは、両方。九十九には、わからなかった。

けれども、どちらであってもいいような気はした。

「師匠っ、ウチがんばりますねっ！」

コマはそう言って両手を握りしめる。尻尾がうしろでブンブン揺れていて、忙しい。

その間に、身体が煙に包まれていく。みるみるうちに、コマの姿はいつもの子狐へと変じていってしまった。

たぶん、三十秒ほどしか変化できていない。

とても「人間に化けられる」と胸を張れる時間ではなく、コマが自信をなくしていたのもうなずけた。

「いもたきができましたよ」

みんなに声をかけたのは幸一だった。

春風のような優しくてふんわりとした笑みで、お客様たちにいもたきを振る舞っている。

ケサランパサランがいち早くピョンッと跳ねて、鍋へと向かった。

「朕に、いもたきを寄越すがいい！」

ケサランパサランはあいかわらずの態度で、発泡スチロールの器を前歯で咥《くわ》えた。トントンと前足でいもたきを要求され、幸一は温かい表情で応えている。

「吾《あたし》のもちょーだい☆」

ケサランパサランのあとに続いたのは、愛比売命《えひめのみこと》であった。

伊豫豆比古命《いよずひこのみこと》神社、通称、椿《つばき》神社に祀られている神様である。愛媛県の県名の由来にもなっており、地元では馴染み深い、縁起開運と商売繁盛の神様だ。

お祭りの席では、性格が変貌して「イマドキＪＫ」のような姿としゃべり方になる、とても愉快な女神であった。いもたきをすることにした際、真っ先に誘ったお客様でもある。

「あらあら、にぎやかなのはよいですわね」

長期連泊中の天照大神《おおみかみ》も発泡スチロールの器を持って列に並んでいる。

天照には、わざわざ伝えなくとも湯築屋のイベントはたいてい筒抜けであった。流石は長期連泊の引きこもり、いや、常連客である。

他にも、九十九の誘いで来てくれた神様がたくさんいる。

遠方にもかかわらず、ギリシャからはゼウスとヘラ、アフロディーテが親子水入らずでいもたきを楽しんでいた。アフロディーテの恋人であるジョーの姿が一瞬見えなかったが、会場の隅でタブレット端末を叩いていたので、きっと、曲作りをしているのだ。

いもたきは土地の神に新芋を供えて、その年の豊作を祈願する風習が由来とされていた。神様をもてなす行事としては、適している。

将崇も、いもたきを食べはじめていた。

お客様の分を配り終わったら、小夜子や八雲といった従業員たちも混ざっていく。小夜子の隣には、鬼の蝶姫もいた。

「美味しいですぅ」

子狐の姿に戻ったコマが、いもたきの具をフーフーと冷ましながら口に運んでいる。

九十九も幸一の手から、熱々のいもたきを受け取った。

「やっぱり、みんな一緒が楽しいですね」

いもたきの具は基本的にはシンプルだ。

コロコロと丸い里芋、大きめに切った鶏肉、乱切りのにんじんやゴボウ、軟らかく煮たうどん。地域によって具材や味付けは変わる。

「いただきます」

口をつけると、ふんわりと和風出汁と醤油の香りが鼻に抜けた。舌の上に、甘めの味が広がる。幸一らしい優しくて上品な味つけだ。芋が少し溶けて、ドロッとした口触りなのも、素朴で癖になる。

里芋を食べると、熱くて身体が震えてしまう。

コロンと丸い芋をハフハフと少しずつ噛みながら、九十九は口を押さえた。湯気が口の端から漏れて、涙目になる。

「美味しいね」

自分のいもたきを食べながら、小夜子が白い歯を見せていた。

九十九は「うん！」と元気よくうなずく。

「九十九よ」

シロが神妙な面持ちで九十九のいもたきを凝視していた。

なにかあったのだろうか。

九十九が首を傾げると、シロは難しそうな顔で、

「儂の里芋、少なくないか？」

「はあ」

そんなことだと思った。

従業員は最後のほうに配ったので、里芋の数にバラつきが出てもおかしくない。

「別に……変わらなくないですか？」

しかし、九十九が確認してみたところ、シロの里芋は普通だ。九十九と似たようなものだし、大きさも変わりない。それでも、シロには不満だったようだ。

九十九はため息をつきながら、自分の里芋をお箸で一つ摘まみあげる。

「仕方ないですね。一個わけてあげますから我慢してください」

「流石は我が妻」

九十九が里芋を持ちあげた瞬間、シロは嬉しそうに目を細めた。

そして、口を近づける。

「なっ……！」

突然に近づいたシロの口が、九十九の箸が摘まんでいた里芋をパクリ。

一口でペロリと里芋を食べて、シロは満足そうな顔で咀嚼《そしゃく》した。

「な、な……えっと、その……熱くないんですか⁉」

ビックリしすぎて、突っ込みどころが見当違いな方向になってしまった。いや、そうじゃない。そういうことではない。

自分で自分に突っ込むのに、上手く言語化できなかった。

「うむ、熱くはないぞ」

「そうなんですか！」

当然、会話も見当違いな方向に進んだ。

しかし、シロはこれが正常な反応だと思っているようだ。やっぱり、神様はちょっとズレている。

「むしろ、九十九ちゃんとシロ様が熱々だよね」

「小夜子ちゃん、違う。そうじゃないの！」

小夜子が茶化すので、九十九は涙目で訴えた。もはや、九十九にもなにを訴えているのかわからなくなってしまっているのだけれど。

「若女将と白夜命様は仲睦まじいですからね」

「コマまで！」

「斯様《かよう》な場所で、恥ずかしい夫婦《めおと》じゃ」

「蝶姫様！」

絶対にからかわれている。

そう思って、九十九は周囲に弁明しようとした。けれども、言葉を重ねれば重ねるほど、ドツボにハマる。

こんなの。こういうの、違うのに。

九十九は必死で言葉にならない言い訳を思い浮かべた。

ふと。

シロ様に迷惑かけてる……!

と、考えてしまう自分がいた。

何故、そんなことを考えてしまったのかまったくわからない。わからないけれど、そう考えてしまっていた。

だって、九十九はシロの妻だが湯築の巫女で……代々娶ってきた巫女の一人に過ぎない。

いわゆるビジネスライクな関係で、決して、シロは九十九を愛しているわけではない。

だから、こういうのはシロに迷惑だ。

胸がキュッと締まった。

息苦しくて……目の前が真っ白になりそうだった。

シロはズルい。

シロは神様で、こんな気持ちなど抱かないのだから。

♨　♨　♨

この庭は……このように、にぎやかな場所であっただろうか。

いもたき会場を眺めて、シロはそんな感想を抱く。

こうして客が集まった庭を見渡すと以前に増して宿の客層は多様となったことを実感する。

妖や鬼の類は前から宿泊していたが、そこまで多くなかった。もっぱら、神ばかり。しかも、日本神話の神に限定されていた。

それが、今では登季子の営業の甲斐あって、ゼウスなどの外国の神も訪れるようになっている。自覚はなさそうだが、九十九の人柄に惹かれて妖や鬼も増えた。

ここは、もうシロが遥か昔に望んだ空間ではなくなっている。

客が各々に楽しみ、いもたきを食べていた。

そして——。

「やっぱり、みんな一緒が楽しいですね」

すぐ手の届く位置に、一輪の花が咲いている。

シロには、その花は周囲とは違う、誰よりも美しく、誰よりも強い花に見えていた。

その花は常に輪を好み、いつも客に真摯《しんし》であった。

なにがあっても、自分なりに全力でぶつかっていく。

人は弱い。彼女も人としての弱さを持っている。

だが、それ以上に——底知れない強さも併せ持っているのだ。

「九十九よ」

シロはつい、口を開いていた。

花——九十九は不思議そうに、シロを見あげる。

「儂の里芋、少なくないか？」

「はあ」

別段、自分に配られたいもたきに不満はなかったが、そんなことを言って困らせてみたかったのだ。

「仕方ないですね。一個わけてあげますから我慢してください」

「流石は我が妻」

九十九が里芋を持ちあげるのを、シロは待っていたとばかりに、サッと自分の口を近づけた。

箸が摘まんでいた里芋を口におさめる。

九十九の顔が最初はポカンと、やがて、すぐにカァッと赤くなっていく。

客ばかりを見ていた九十九の瞳が、シロ一人だけを見る。

その視線が堪らなく嬉しくて、思わず頬ずりしたくなった。腕におさめて、どこへも行かせたくない。

此れを我《わし》だけのものにしたい。


そう思考が至ったところで、シロの動きが止まった。

わなわなと、身体の奥からわきあがるものがある。


此れは、儂が嫌っていたモノではないか？


「な、な……えっと、その……熱くないんですか⁉」

「うむ、熱くはないぞ」

「そうなんですか！」

慌てふためく九十九を眺めているのは、なんとも言えず、気分が優れなかった。

自分が困らせているという優越感と満足感。

そして、そう思い至らしめる独占欲は――シロが最も嫌うものではないか。

それなのに、自分はこの状況を愉しいと思っている。

どうしようもなく矛盾しており、頭が痛い。

「どうした、食べぬのか？　食べぬなら、朕がもらってもよいか？」

九十九から距離をとろうとしたシロに話しかけたのはケサランパサランであった。

モフモフのアンゴラウサギのような容姿の妖は、モグモグと口を忙しく動かしながらシロを見あげている。

「此れは、儂のいもたきだ。やらぬ」

「それは残念」

ケサランパサランは大して残念でもなさそうに、自分のいもたきを貪る。それにしても、前足と前歯で器用に食べていた。

「そなた、何故《なにゆえ》、未だ巫女と結んでおらぬ？」

それはケサランパサランだけが抱く疑問ではない。

他の妖や神にとっても、同じであろう。

自分の巫女であること、それは、供物。

もっと乱暴な言い方をすれば、贄《にえ》である。

シロには九十九を巫女として、喰う権利もあれば戯れに殺す権利すらある。

当然、シロは巫女を妻として娶っているのだから、結ぶ必要があった。

それは神に与えられた特権だ。

だのに、シロはそれを行使していない。

人ならざるものにとって不可解な行動であった。

「一つは、九十九に関しては先代と親の意向がある。あれが一人前になるまでは、巫女として扱わぬと」

先代の巫女である湯築千鶴《ちづる》は九十九が学業を修めるまでは巫女としての修行はさせず、待ってほしいという意向をシロに伝えていた。

それは学業を修めながら巫女の修行をしてきた千鶴と同様の苦労をさせまいという配慮である。

生まれたときから結婚が決まり、巫女として育てなければならない湯築家の環境は現代社会において異質であり、馴染まない制度なのだそうだ。

巫女がそれを望むなら、シロも倣《なら》うのはやぶさかではない。

「もう一つは？」

ケサランパサランは見透かしたように、シロへの問いかけを続けた。

「もう一つ――」

口を開きかけて、シロは首を横にふった。

「それだけだ。他に理由などありはせぬ」

九十九に湯築の巫女としての務めをさせない理由など、一つしかない。

それだけだ。

だから、シロが今、言いかけたことは相応《ふさわ》しくない言葉だ。巫女を娶る神として、あるまじき発言であると自覚し、発するのをやめた。

否、そのようなことなど、考えておらぬ。

儂は、彼奴《あやつ》とは違うのだから。

「ふむ。そうか」

ケサランパサランはそれだけ言うと、ピョコピョコ跳ねて、いもたきのおかわりをとりにいった。

♨　♨　♨

いつの間にか、いもたきの席からシロがいなくなっていた。

そのことに気づいて、九十九は迷う。

なんとなく、「探さなきゃ」と頭の端に浮かんだのだ。

理由は特にない。

シロは基本的に気まぐれで、唐突に現れては、好きなときに消える。フラリとつかみどころがなく、どこかへ行ってしまう。

でも、だからこそ、いつもは「またすぐに現れる」と思える安心感もあった。

「シロ様」

九十九は確認するように、シロの名前を口にした。

たいていは勝手に現れるが、シロは九十九の呼びかけには応えてくれる。

けれども、数秒待っても、シロは姿を見せなかった。

「九十九ちゃん、どうしたの？」

様子のおかしい九十九を心配して、小夜子が顔を覗いた。

「ううん……気のせいだと思うんだけど……」

どうせ、いもたきを持ち帰り、どこかの部屋でお酒でも飲んでいるのだ。そう思って、九十九は気にしないよう努めることとした。

だが、そんな九十九に小夜子が首をふる。

「いいよ、行ってきて。ここは、みんなでなんとかなるから」

小夜子は力強く胸を張った。

九十九はなにも言っていないのに。

「え？」

「ほら」

二の句を継がせず、小夜子は九十九の肩を叩いた。ポンッと触れた手が温かくて、九十九は唇が緩んでしまう。

「わかった。すぐに戻るね」

「シロ様といい雰囲気になったら、そのまま帰ってこなくていいんだよ？」

「な……！」

小夜子は悪戯っぽく言いながら、チロッと舌を見せた。

普段は大人しいのに、小夜子は妙に行動力がある。特に夏休みに兄の暁樹と実家に帰省したあとは、明るさも増したと思う。

とてもいいことなのだけれど、たまに……うん。たまに、とても恥ずかしい背中の押され方をする。

「す、すぐ戻るってば！」

「いってらっしゃい」

なにもないとは思うのだけど。

九十九はそう考えつつも、小夜子たちに任せて湯築屋のほうへと戻っていく。

こういうとき、シロはどこにいるのだろう。

考えた結果、やはり思いつく場所は一つだった。

「シロ様？」

再び呼びかけたのは、シロが九十九の視界に入ってからだった。

湯築屋の庭の中でも、一番高い場所。

季節によって種類は変わるが、だいたいこの場所には大きな樹が立っていた。

目が冴えるような黄色いイチョウ。葉の間から、藤色の着流しが見えている。舞い散る落ち葉は地に落ちず、塵のように消えてなくなる幻想の樹だ。

「九十九？」

九十九の呼びかけに、シロが応じる。

こちらを見下ろすシロは不思議そうに。されど、いつも通りの様子であった。

「呼んでも来てくれなかったので、探しにきました」

シロから問われる前に、九十九は告げた。

すると、無視した記憶があるのか、シロは難しい表情を作った。

「あとで行くつもりだった」

なんとも、気のない返事だ。

九十九は少しばかり、ムッと唇を曲げた。

「わたしは、今、会いたい気分だったんです」

自分でもビックリするくらい、すんなりと言葉がわいてきた。

そういえば、以前にここへ来たときも、「今すぐシロに会いたい」気分だった。

「そちらに行っても、いいですか？」

「……わかった」

一歩、二歩と、九十九は樹へ向かって歩く。

樹の枝が蛇かなにかのようにグニャリと曲がった。枝は九十九の身体を易々と持ちあげ、樹の上へと運んだ。

ストンと、九十九の身体はシロの隣に降ろされる。

「こんなところで、なにしてたんですか？」

「なにもしておらぬよ。ただ風に当たっていただけだ」

「……ここ、結界だから風は吹きませんよね」

「たとえだ」

適当なことを言って、のらりくらりとかわされてしまう。

「わたし、迷惑かけましたよね」

「何故《なにゆえ》？」

シロがいもたき会場を離れた理由は、九十九が思っているものと違うのだろうか。

違和感を覚えつつ、九十九はたどたどしく言葉を重ねてしまう。

「わたし、わかってますからね……シロ様にとって、わたしは巫女で……そんなに大した意味なんてないって……すみません。わたし、変に意識してるみたいな反応しちゃって」

なにを言っているのだろう。

自分でも、混乱して舌がもつれている。言っているうちに、だんだん、両目に涙が溜まってきた。

わたしが言いたいことは、こんなことなのかな？

今すぐシロ様に会いたかった理由って、こんな言い訳をするためだったのかな？

「構わぬ。儂が悪かった」

勘違いさせて、すまぬ。そうつけ足されているような気がした。

九十九は口を半開きにしたまま、シロを見つめる。

シロ様は、今、なにを考えているんだろう。

どんな気持ちで、わたしの話を聞いているんだろう。

「シロ様がわたしを好きになるなんて、ありえないですからね」

自分の言葉なのに、胸が痛くなった。自らの手で、割れたガラスの破片をつかんで押し込んでいる気分だ。

めりめりと、抉《えぐ》るように胸の中が軋《きし》む。

「わたしは……ちゃんと、巫女をやれるようにがんばります」

あ……涙、こぼれちゃう。

そう思ったとき、実際に涙はこぼれなかった。

「――――」

「…………」

実際は、涙がこぼれる前に九十九の身体は、強い力で押さえつけられていた。

それがシロの腕にきつく抱きしめられているのだと理解するのに、大変に時間がかかってしまう。

背骨が軋んで、とても痛い。

いつものような、優しくて労《いた》わるような温かさなんてない。

本気を出せば逃げられるなどという余裕も、一切なかった。

ただただただ、力強くて。

ただただ、激しい。

肩越しに感じるシロの息づかいが震えている。

「え、っと……シロ様……？」

こんなに近いのに、九十九の声など聞こえていないのだろうか。シロは九十九を捕らえる手を緩めなかった。

「い……痛い、です……」

声を絞り出して訴えると、ようやくシロは我に返ったように、九十九の身体を解放した。

半ば突き飛ばされるようにシロから離されて、とても寒く感じる。一歩間違えば、バランスを崩して枝から落ちていたかもしれない。

今の間になにが起きたのか、理解できなかった。

「すまぬ」

シロは九十九から視線を逸らす。

その様が拒まれているような気がして、九十九は動揺する。

「シロ様？」

どうしてだろう。

九十九には、シロの肩が震えているように見えた。

「……なに、怖がってるんですか？」

シロがなにかを怖がっているように見えたのだ。

怯えているのではないか。

神様であり、湯築屋のオーナー。この結界の支配者で、絶対の力を持っている。

それなのに、なにを恐れるというのだろう。九十九の考えはとてつもない見当違いだと、すぐにわかる。

それでも……九十九には、そう思えてしまったのだ。

「儂は……違う……」

かすかな声が唇から漏れている。

シロはなにに怯えているのだろう。

きっと、九十九が知らないこと。

今の九十九には言えないことだ。

安易に聞いてはいけないこと。

……だったら、聞かないことにしよう。

九十九は、シロになにも聞かない。

「大丈夫ですよ、シロ様」

なにもわかっていない。

わかっていないけれど、九十九は笑みを作った。

「シロ様は大丈夫です」

泣いている子供をあやすように。

九十九はそっとシロの頭に手を伸ばした。

白い絹束のように滑らかな髪に触れる。狐の耳がピクリと指の間で動いた。

「よしよし」

さっきまで、泣きそうなのは九十九だったのに。

おかしな話だ。

「………………」

そう思うと、先ほどまでのグチャグチャとした気持ちはどこかへ消えていた。

「何故《なにゆえ》、そなたはそうなのだ……」

「え？」

これは問いかけだったのだろうか。

だが、九十九は返答できず声を詰まらせてしまう。

「…………」

戸惑っている九十九の前に、フッと灯を吹き消すような小さな風が起こる。

次の刹那には、シロの姿は綺麗さっぱり消えてしまっていた。きっと、霊体化して姿を隠したのだ。

今のは、なんだったのだろう。

逃げられた。

直感的に、そう思ってしまった。

いつの間にか、おさまっていた涙の代わりに不安が胸を占領する。

3

いもたき大会はお客様たちからの評判もよく、大変盛況に終わった。

たくさん用意していた具材はなくなり、あとには満足そうなお客様たちの笑顔が残っていた。里芋やうどんを食べ慣れない外国の神様もいたが、杞憂《きゆう》だったようだ。

「どうしたの、つーちゃん？」

ボーっとしていたようだ。

厨房で片づけをしている最中に、幸一が九十九を呼び止めた。

——儂は……違う……。

あんなシロを、前にも見たことがある。

吐き出すように、苦しそうで。そして、なにかに怯えていて……。

あのときのシロも、酷く辛そうであった。

絞り出すように、五色浜での出来事を否定する言葉を吐いていた。

なにか関係があるのだろうか。

聞かないと決めたのに、どうしても考えてしまう。

「はい、つーちゃん。お腹が空いていると、力も出ないよ」

グルグルと考えるだけの九十九の前に、幸一がコトンと器を置いた。

「これ……！」

幸一が出したのは、小さなアルミの小鍋だ。アルミのお皿に載り、アルミのレンゲがついている。

蓋をとると、中からモワンと湯気が立ちのぼった。

「鍋焼きうどん！」

「余りで作ったから鶏肉だけどね。つーちゃん、いもたきあんまり食べてなかったでしょ？」

小鍋には澄んだ出汁からあふれんばかりに、軟らかめのうどんが詰まっている。薄切りのナルトと、玉子焼き、鶏肉、更に、青ネギが少々。

松山スタイルの基本的な鍋焼きうどんだ。本当は鶏肉の代わりに、甘く煮た牛肉が入っている。

「お父さん、ありがとう！」

レンゲで出汁をすくい、食べやすいようにフーフーと息で冷ます。

いもたきの残りで作ったため、甘めだ。けれども、疲れた身体にはこれがいい。うどんは軟らかくて、出汁の味をよく吸っていた。

甘みと塩気が身体にしみていく。熱々のうどんを口に運ぶたびに、幸一の作った優しさに癒やされた。

アルミの鍋は小さいが、鍋焼きうどんは意外とボリュームがある。食べ終わるころには、九十九はすっかり満腹になっていた。

「つーちゃん、なにかあったでしょ？」

ごちそうさま、と手をあわせた九十九に幸一が問う。

優しい出汁みたいな、ふんわりとした笑みが曇っていた。九十九のことが心配なのだ。

「シロ様のこと？」

「……まあ……よくある喧嘩かな」

九十九とシロが夫婦喧嘩するなど、日常茶飯事だ。多少、シロを蔑《ないがし》ろにしても、誰も気に留めなかった。

だから、ただの喧嘩である。

シロの様子は明らかに変だったけれど……言わないほうがいい。

急に強く九十九を抱きしめたことも、怯えるように震えていたことも、逃げるように消えたことも。

全部、九十九が秘密にしておいたほうがいいと思うのだ。

あれはきっと、シロが周囲に見せたい姿ではないから。

「本当に？」

「うん、本当に」

素っ気なく答えて、九十九は鍋を片づける。

そういえば、松山あげが入っていなかったなぁ……などと考えてしまう辺り、だいぶシロに毒されていた。

それほど、シロの存在は自分の中で大きいのだ。

だから、さっきの態度は――正直、キツかった。

「なにがあったのかは知らないけど、つーちゃん。たぶん、シロ様はつーちゃんのことが大好きだよ」

頑なに口にしようとしない九十九にも、幸一は優しく言葉を紡いでくれる。

「シロ様は湯築屋のみんなが大好きなんだよ。でも、つーちゃんのことは一番好きだと思うよ」

「……そりゃあ、巫女ですから」

「うん、そうだね……でも、わかるよ」

幸一は強く、けれども、柔らかく。

「僕にも、一番好きな人がいるからね」

幸一が笑うと、ふわりと温かい気持ちになれる。

胸の奥がとても……とても、軽くなるのだ。

だからこそ、その言葉が辛い。

「お父さん、ありがとう。ごちそうさまでした」

九十九は話を無理やり区切ろうと、立ちあがった。

それでも、幸一は「うん」と、穏やかな返事をしてくれる。

シロ様から愛されたい。

それは、九十九が考えてはいけない。

シロは湯築の巫女を代々妻として娶っている。九十九だけを特別に愛することなどないのだ。

都合のいい要求をしてもいいわけがない。

――人のように情愛を注いだところで、お前たちは未来永劫、儂の傍に在り続けると約束できぬではないか。お前たちはいつだって先に進んでしまう。

九十九だけが身勝手で無責任な主張をするわけにはいかない。

「いっそ、嫌いだったらよかったのに」

廊下の壁に頭をこすりつけ、つぶやく。

シロを嫌いであったなら、どれだけ楽だったか。

決まりだからと無理やり結婚させられて、愛はないけれど巫女としての責務を果たすだけの関係であったなら、どれだけ楽だったろう。

シロは優しい。

九十九には望むものを与えてくれる。

とても甘い言葉で夢を見させてくれる。

それで充分ではないか。

だから、満足している。

そう言い聞かせて、九十九は心に蓋をした。

「ふむ、顔色が優れないではないか」

高音だが、不遜な声が投げられる。

視線を下げると、白いモフモフ——ケサランパサランがこちらを見あげていた。

身体の大きさに対して小さく見える口をモゴモゴと動かしており、なにかを食べている。

「まったく……何故《なにゆえ》、朕が。まあ、よい。ほれ、手を出すがいい」

ケサランパサランは九十九の顔を眺めるなり、そんな要求をした。

九十九は腰を落とし、ケサランパサランに言われた通り、右手を前に出す。

「むんっ」

ケサランパサランが鼻から息を吐く。

すると、フワッと白い綿毛が一つ、九十九の掌に飛び出した。

「ケサランパサラン様、これって……？」

「朕の毛である」

「そうですね」

「朕の毛」

「わかりましたから」

見ればわかるが、それはケサランパサランの綿毛であった。

白くてフワフワ。たんぽぽの綿毛のようで、そうではない。握って潰しても、すぐに元に戻る弾力があり、不可思議な感覚であった。

白粉を与えると増えるという話もある。

「朕は愉しませてもらっているからな。宿賃とは別にもらっておくがいい」

「……ありがとうございます」

ケサランパサランの毛は幸運を呼ぶお守りだ。神様の加護のようなものである。九十九がもらってもいいものか悩んだが、ケサランパサランがくれたのだ。ここは、ありがたく頂戴することにした。

「そなたは多くの妖や神を惹きつける。その神気、あまりに危険であることを知っておけ」

「……よく言われます」

それは何度も言われてきたことだ。

九十九が巫女として成長すれば、少しはマシになるだろうか？

けれども、九十九が学業を修めるまでは巫女の修行は最低限に留めるというのは先代の巫女の遺言だった。

それまでは、九十九は守られる存在――。

「言っておくが、そなたの未熟さは、そなた自身にあるわけではない」

「え？」

ケサランパサランの言葉に九十九は目を瞬かせた。

「朕は神どもと違って、黙っておいてやる義理もな——おっと、余計なことだったかな」

ケサランパサランは話の途中で、ピョコンと跳ねて九十九と距離をとった。すると、両者の間にフッと風のようなものが吹く。

瞬きをするくらいの間に、藤色の着流しが視界を塞ぐ。

目の前に現れたシロを、九十九は驚かずに見あげた。

なんとなく、今、来るような気がしていた。

「朕はひと風呂浴びて寝る。明日の朝食は、塩鮭にするがいい。脂の乗った、腹の部分がよいぞ。皮も食べられるよう、ウロコを処理しておくのだ。朕はグルメである」

ケサランパサランは手短に告げて、ピョンピョコ跳ねていってしまった。

「シロ様……？」

九十九は立ちあがり、シロの顔色をうかがった。

シロは感情の読めない表情で、九十九のほうをふり返る。けれども、すぐにいつも通り、笑った。

「九十九、儂は甘味が食べたいぞ」

「はあ？」

あまりに自然で、あまりに不自然。

九十九は拍子抜けした。

さっきのは、なんだったのだろう。

そう思えるほどの落差であった。

「えっと……シロ様……」

「碧がタルトを買ったと言っておったぞ」

「あ……はい……」

「そうだ、九十九。揚げタルトというものが食べたい！　最近、道後でも食べられるのだろう？　厨房にタルトを持っていこうではないか」

「はあ……」

シロに手を引かれながら、九十九は無理やり廊下を歩かされる。

怯えるような震えも、夢中な激しさも一切感じられない。ただただ、いつものシロであった。

まるで、先ほどの出来事が嘘のような——否。

先ほどの出来事をなかったことにするためだ。

全部なかったことにしようとしている。

九十九にも、忘れろと言っている。

察してしまい、九十九はなにも言えなかった。

なにも言えないまま、

でも、シロ様がそうしたいのなら、それでいいかな……。
そう考えていた。

月．月白く風清し

1

「月見が近いな。ケサランパサランが楽しみにしてたぞ」

終業のチャイムが鳴った放課後。

帰り支度をしながら放たれた将崇の一言に、九十九はパチクリと瞬きした。虚を突かれた気分である。

「お月見？」

「とぼけるな。いもたきやったんだから、月見もやるんだろ？」

カバンにペンケースを詰めながら、将崇が当然のように息をつく。

一方、九十九はまったく予期していなかった単語が飛び出して、すぐに返答することができなかった。

「そういえば、去年はやらなかったね」

会話を聞いていた小夜子が口を挟む。

「あー……うん。去年というか、ずっと？」

九十九はやっとのことで、記憶を辿った。

覚えている限り、湯築屋で月見が行われたことは一度もない。

なにせ、結界の内側には月が出ない。藍色の空がただただどこまでも広がっており、月も星も存在しない。あるのは湯築屋と、季節を象徴する庭の幻影だけである。

湯築屋で月見をするのは難しい。

「お客様もお誘いして、外出しましょうよ。お花見みたいに！」

「俺は美味いモンが食べられるなら、それでもいいぞ」

考えてみれば、そうだ。

花見などはお客様からの希望もあり、外で開催していた。シロは連れていけないが、本人は傀儡でも満足しているし、なによりもお客様が喜ぶならそれがいい。

けれども、月見はしたことがない。

花見と同じく、外で開催するという意見も不思議と出なかった。

九十九は生まれてから月見を経験したことがないため、「そういう行事も、あった気がする」と完全に意識していなかった。

テレビや暦の話題にあがるので、まったく触れたことがないわけではないのに……他人事であった。まるで、海外の行事のような感覚だ。

「シロ様に提案してみようよ」

小夜子も何気なく述べた。

「うん！」

九十九も快く返答する。

道後温泉街の入り口には、道後公園がある。

中世の城跡で、広い敷地が公園となっていた。桜の名所でもあり、毎年、多くの花見客であふれている。湯築屋の花見も、そんな花見客に混じって行っていた。

高台には展望台があり、もちろん、月見にも適している。

遠出せず、道後公園での月見であればシロも快諾するだろう。

それに、いもたきを気に入ったケサランパサランはまだ湯築屋に宿泊中だ。将崇の口ぶりだと、月見も楽しみにしているようである。

お客様の期待に応えるのも、若女将である九十九の仕事。

きっと、シロだって賛成してくれる。

喜んで、「儂も月見団子が食べたい！」などと言うだろう。

「月見か――儂は行かぬ。やるのなら、好きにせよ」

だから、シロからそう言われたときは落胆した。

湯築屋に帰った九十九は、開口一番、シロに月見を提案したのだ。しかし、シロは九十九の提案を拒んでしまった。

こんなことは、初めてだった。

「どうしてですか？　お月見、嫌なんですか？」

いや、拒んだわけではない。

好きにしろとは言っている。ただし、シロは関与してくれない。

九十九がお客様を外へ連れる際は、だいたいシロが傀儡を使ってくれた。お客様は神様だ。なにかあったときに、九十九だけでは対処できない。

「八雲辺りでも連れていっておけばよい。儂は宿で一人酒でもしておるよ」

「シロ様らしくないですね……」

「儂は変わらぬよ。昔からな」

もしかすると、湯築屋で月見をしたことがないのは……シロが嫌がっているからではないか。

そこに思い至って、九十九は初めて自分の提案が失策であったと気がついた。

「なんか、ごめんなさい」

シロの態度に、九十九はシュンと肩を落とした。

同時に、シロが嫌がるのなら月見をしても楽しくないという気もしてくる。

そんなことはないとはわかっているし、お客様たちはきっと喜ぶ。むしろ、満足してもらえるようにがんばるつもりだ。

シロはいないが、八雲でもある程度は対処できるだろう。道後公園は湯築屋に近いため、なにかあればすぐにシロも気がついてくれるはずだ。

シロの傀儡を九十九はあまり好きではないが、いないならいないで、寂しい気持ちは否めない。

「九十九、何故《なにゆえ》、謝る」

どうして?

問われて、九十九の回答は一つに落ち着く。

シロ様と一緒がいいからですよ。

心の中で、スッと言葉がわいてきたが、声にはしなかった。

「なんでもないですよ……お月見は、

「問題ない。九十九がやりたいようにするがいい」

いつも通りのやりとりだ。

それなのに、心が痛い。胸の奥がキュッと縮こまる。

シャン、シャン、シャン。

沈黙が降りる前に、鈴の音が響く。

お客様が来館したという合図だ。シロが視線で「行ってこい」と示している。

九十九は気持ちを切り替えて、背筋を伸ばした。

お客様が来ると、不思議と違う自分になれる。

今の瞬間からは、シロの言葉一つで落ち込んで、縮こまってしまう九十九ではない。湯築屋の若女将として、お客様のもとへと向かう。

それは魔法のような心地。

こうすることで心が一気に楽になるのだった。

「いらっしゃいませ、お客様」

玄関で、お客様を出迎える。

あとから、チョコチョコとした足音を立てて、コマも九十九の隣に並んだ。コマが小さな頭を下げると、クイッとお尻があがる。

『貴殿が当代の巫女か』

仰々しいしゃべり方のお客様は多いので慣れている。けれども、その声には違和感があった。

九十九が顔をあげると、背の高い偉丈夫《いじょうふ》が立っていた。

広い肩幅や濃い髭《ひげ》から伝わる勇ましさ。美豆良《みずら》に結われた髪や、筒袖《つつそで》の衣《きぬ》という姿、神気の質から、なんとなく、日本神話の神のようだとわかる。

「はい、わたしが湯築の巫女で、湯築屋の若女将。湯築九十九と申します。どうぞ、よろしくおねがいします」

『うむ。噂通り美しい娘である』

人形のような……といえば、やはり、シロのような整った容姿を想像してしまう。

だが、それとは別の意味で、このお客様は「人形のようだ」と感じてしまった。

まるで人間味がない。いや、神様なのだから人間ではないのだが……このお客様からは生きている空気がほとんど感じられなかった。

「ひっ!」

九十九の隣で、コマが声を裏返らせた。

何事かと思い、九十九もコマが見ている方向に視線を向ける。

「…………!」

なにかが、こちらを見ていた。

ヌッと覗き込むように、黒い影のようなものが存在している。人の形をしており、目や口の辺りが浅く窪んでいた。

妖の類?

けれども、感じられる神気はお客様のものであった。

むしろ、

「もしかして……傀儡？」

目の前にいるお客様は強い神気を持っているが……うしろにいる影のほうが濃い。いや、違う。

彼らはまったく同質の存在――玄関の中に立っている偉丈夫ではなく、うしろの影がお客様の本体なのだと気がついた。

原理はシロの傀儡と似たようなものだと思う。

『流石は湯築の巫女です。やはり、見破られましたか』

お客様の態度が急に改まった。

今まで、九十九は試されていたのだと悟る。

『我が名は神倭《かむやまと》伊《い》波《わ》礼《れ》毘《び》古命《このみこと》でございます』

傀儡である偉丈夫はそう言って、九十九の前でかしずいた。

「え、ええ!?」

お客様にかしずかれるなど、初めての経験だ。九十九は混乱しつつ、自分もその場に正座して三つ指で頭をていねいに下げた。

神倭伊波礼毘古命は大和建国神話の中心人物として名高い英雄神である。日向国《ひゅうがのくに》より東征を行い、大和王朝を築いた。

つまり、天皇家の祖――初代・神武《じんむ》天皇であった。

れっきとした神様である。

そんな偉業を持つお客様が女子高生の九十九に片膝をついて頭《こうべ》を垂れている。

この状況がわからなくて、九十九は大いに混乱した。

「神倭伊波礼毘古命様！　頭をおあげください！」

『いいえ、我のことは伊波礼毘古とお呼びくださって結構です』

「え、ええ⁉　いや、そんな……それは、ちょっと……！」

恐縮で死んでしまうとは、このことだ。

九十九はなんとか頭をあげてもらおうとするが、伊波礼毘古は譲らなかった。

「その辺にしておけ、伊波礼毘古……我が妻は慣れておらぬ」

あたふたとする九十九に助け舟を出したのは、シロであった。

スッと現れて九十九の前に立つ。

すると、伊波礼毘古はようやく頭をあげてくれた。

『お久しぶりでございます、主』

「しつこいぞ。その改まり方は、やめよ。儂はお前たちの主になった覚えは一度もない

……何度も言わせてくれるな」

『承知』

「承知しておるなら、楽にせよ……嗚呼、もうよい」

目の前の会話には戸惑いしかない。

けれども、シロは慣れているような口ぶりだ。もしかすると、伊波礼毘古は湯築屋へ来るたび、こうなのかもしれない。きっと、そうなのだ。と、九十九は無理やり納得することにした。

本当は「なにかある」と、どこかで思っていながら。

「コマ、案内《あない》してやれ」

「はいっ！　白夜命様！」

コマは指名され、やる気満々で伊波礼毘古を案内していく。

入り口に視線を戻すと、黒い影はいなくなっていた。伊波礼毘古の傀儡と一緒に移動したのだろう。

いろいろと初めてのタイプのお客様で、九十九は終始面食らってしまっていた。

シロだけが、普段と同じ涼しい顔をしている。

2

伊波礼毘古という新しいお客様は訪れたが、九十九は予定通りに月見の準備を進めていた。

と言っても、特別なことはない。

シロが行かないため、八雲の予定を確保して、宿泊中のお客様たちに声をかけて回る。

そして、幸一に月見団子の作成を依頼する程度だ。

「お月見ですか。そういえば、湯築屋では一度も行われたことがありませんね……いいですよ。おつきあいしましょう。私のほうからも、お客様にアナウンスしますね」

「ありがとうございます、八雲さん」

九十九が事情を話すと、八雲は承諾してくれた。

シロが行きたがらないとなれば、神気の扱いに長けた同行者が必須だ。登季子がいればいいのだが、あいにく、彼女は現在、中国で営業している。

それにしても、月見はやはり八雲も開催した経験がないらしい。

「シロ様って、お月見嫌いなんですか？」

「そこまでは知りませんが、私が知る限りは……ただ、昔、幻影でもいいから月を見せろというご注文をされたお客様とシロ様が喧嘩されたことなら……」

「え、ええ……喧嘩、ですか？　シロ様が？」

たしかに月見酒を希望するお客様はいるが、シロが渋って実現した試しがない。先日、ケサランパサランも月見酒を所望したが、シロ自ら却下していた。

しかし、いくらなんでも、喧嘩するほどだろうか？

「まあ、お互いに酔っておられたので……」

「いやいや、シロ様って酔ってもそんなにテンション変わりませんよね？」

シロは結構な量の酒を平気で飲む。それでも、ケロリと平気にしているため、ザルのようなものだ。

「………………日本酒が十本空いていました」

「一升瓶じゃないですよね？」

「一升瓶ですよ」

それは、いくらなんでも飲み過ぎだ。九十九は頭を抱えた。

「それに、最近はお酒を飲むと明らかに気分がよさそうですよ。態度に表れていると思います」

「そうですか？」

「最近のシロ様は酔うと若女将に絡みます」

「……いつも絡んでくるので、気のせいですよ」

「傍目《はため》には、少しばかり大胆になられていますよ。覚えはありませんか？」

「……あるような、ないような」

たしかに、酒を飲んだシロが絡んでくることは多いが……九十九は少し思考を巡らせて、やめた。恥ずかしい記憶がよみがえるばかりだ。

シロの言葉や態度は、別に自分だけに向けられているものではない。ずっと、巫女に対してはは同じなのだ。

自分に言い聞かせて、首をブンブン横にふった。

「とにかく、よろしくおねがいします！」

話題を断ち切るように、九十九は大きめな声で言った。八雲はニコリと、「わかりましたよ、若女将」と答えてくれる。

「もう少し素直になってもいいと思いますよ」

わざわざ話を区切ったのに、八雲はそうつけ加えた。

九十九は恥ずかしさで赤くなる顔を菊模様の着物の袖にこすりつける。

八雲には、以前もシロとの関係について指摘されていた。彼は自分の経験から、九十九に忠告してくれているのだと理解はできる。

八雲なりの思いやりなのだと重々承知しているが……。

――儂は……違う……。

九十九には、シロがどう思っているのかわからなかった。

わからなくて。わからないことが辛くなる。

辛くなるのが嫌で、なにも考えないようにしていた。

そのほうがいいのだと、自分に言い聞かせて。

わかりあう必要なんてない。

でも、知りたい。

こんな願望は捨てたほうがいいのだ。

「……本当に稲荷神は面倒ですわね。もう少しさっぱりされたらよろしいのに」

廊下を進もうとする九十九の前に現れたのは、天照であった。

あまりに唐突だったので、九十九はお客様にぶつかりそうになってしまう。慌てる九十九を天照は楽しそうに眺めていた。

天照大神は湯築屋に長期連泊中の常連客だ。一年のうち、大抵の時間は湯築屋で過ごしていた。

だいたいは自分の部屋に引きこもって、好きなアイドルのＤＶＤを鑑賞したり、ブログでアフィリエイトを稼いだりしている。

「天照様、今日は部屋でＤＶＤを見るから集中させてほしいと言っていたのでは？」

「その予定だったのですが、伊波礼毘古が来たと聞きましたので」

伊波礼毘古は天皇家の祖。つまり、天照の子孫だと言われている。

天照が出向いてもおかしくない相手であった。

「まあ、そちらは顔を見せてきましたから、もう割とどうでもいいのですけれどね」

「どうでもいいんですか？」

「ええ、まあ。親類など、他にも山ほどいますし。この宿にいれば、それなりに会えるものでしょう?」

「そうですね、たしかに」

湯築屋には神様のお客様が多い。

特に日本神話の神々が好んで訪れていた。

別に神様専門の宿を謳っているわけでもない。妖や鬼のお客様もそれなりに来る。けれども、何故か湯築屋には神様が集まっていた。

「天照様が連泊していらっしゃいますし、みなさま、会いにくるんですよ」

今まで、大して疑問に思ったことはないが、だいたい、これで結論づけられる気がする。天照は、推しの全国ツアーで遠征するとき以外は、ほとんど湯築屋に宿泊していた。今だって二ヶ月間も連泊している。湯築屋に住んでいるようなものだった。

日本神話の太陽神がいるのだ。きっと、神々の間でも話題になっている。だから、湯築屋には神様がたくさん泊まるのだ。

「わたくしにそのような求心力はありませんよ。影響と言えば、せいぜい、宇受命《うずめ》がからかいにやってくる程度です。あとは須佐之男《すさのお》かしら?」

「え、でも……」

現に、様々な神様が宿を訪れている。

しかし、天照は自分が原因ではないと言う。

少女のような見目の女神は太陽の色の眼を細めて、九十九を見あげた。答えを導き出せない九十九を見て、愉しんでいるようだった。

「知りたいかしら？」

問われて、九十九は鼓動が高鳴る。

その問いは、「どうして神様が集まるのか」という疑問を解消するためのものではない。

九十九が知りたいと思うことをすべて教えてあげると言っているのだと、直感する。

その答えを、天照はすべて持っている。

否。

きっと、湯築屋のお客様はみんな知っていることなのだ。

知らないのは、九十九だけなのかもしれない。

「知りたいのでしょう？」

九十九の心を見透かすように、天照が畳みかける。

甘い花の蜜のように、魅惑的な微笑。少女の見目をしていながら、魔性の美貌を振り撒く女神の囁きに、九十九は釘づけになった。

からめとられて、逃げられない。まるで、蜘蛛の糸のようだ。

知りたい。

思わず、喉から出そうになった。

九十九は知りたいのだ。知りたくて堪らない。今すぐ、自分の抱える疑問のすべてを解決したかった。

シロが震えていた理由。

あんな風に、怯えていた理由。

「それは……聞けません」

すんでのところで、九十九は声を絞り出す。

「シロ様に約束しています。お話ししていただけるまで、わたしは待っていると」

九十九の返答に、天照はつまらなさそうに唇を尖らせる。少女らしくて愛嬌のある仕草だ。

「なぁんだ、つまらないですわね」

天照はわざとらしく肩を竦める。

「からかっただけですわ、申し訳ありません。本当に教えるつもりはなかったのです。わたくし、これでも口が固いのよ」

嘘だと思った。

きっと、戯れだったのは本当だろう。しかし、天照は九十九が乞えばすべて教えてくれていたと思う。

九十九はそう確信していた。

確信していながら、申し出を断った。

「それよりも、月見をするとうかがいましたわ。是非、わたくしも参加させてくださらない？」

「はい、もちろんです。天照様もお誘いするつもりでした！」

九十九は声を弾ませた。

元々、天照にも月見の話をするつもりであった。シロがいないのだ。天照のような常連客が加わってくれるのは心強い。

けれども、ときどき怖いのだ。

神々は一筋縄ではいかない。いつ人間を突き放すかわからない存在でもある。

そのときに頼れる相手は誰なのか。天照は本当に信頼できるのか……九十九には、はっきりと答えることができなかった。

五色浜のときは力を貸してくれたが、先ほどのようなこともある。

彼女が九十九やシロの味方であり続ける保証はない。

「月見団子は用意していますか？」

「料理長に頼むつもりです」

「それなら、安心ですわ。ここのお料理なら、間違いありませんからね。楽しみにしています」

天照は満足げに笑っている。

先ほどまでの魔性の笑みではなく、可憐に咲き誇る桃花の笑みだ。どちらが本当の表情《かお》なのか、九十九には推しはかることができなかった。

……好きなアイドルを見ているときは、裏表などまったくないと思うけれど。

「っと……夕餉のお膳、運ばないと」

天照が霊体化して姿を消したあとに、九十九はポンッと手を叩く。忘れていたわけではないが、意識の外に追いやってしまっていた。

すでに準備をしている小夜子たちに加わる形で、厨房からお膳を運び出していく。この時間帯が一番忙しい。

ふと、伊波礼毘古の客室にお膳を運ぶ際、どうしても気になったことがあった。

伊波礼毘古はシロの傀儡と同じようなものだ。本体と思われる黒い影は、口がどこにあるのかイマイチはっきりしない。

シロの傀儡はご飯を食べられない。伊波礼毘古はどうなのだろう。

ちょっとした好奇心である。

蝶姫のような鬼のお客様はみんな面を被っており、表情がまったく見えない。食事は口に運んでいるが、中で唇が動く様子がないので不思議な光景だった。

しかし、お客様の事情を詮索しすぎるのは無粋だ。よくない。九十九は伊波礼毘古が宿泊する部屋の前で、気を取り直した。

錦の間である。

「失礼します」

『おお、どうぞ。お手数おかけして申し訳ありません。稲荷の巫女よ』

入室すると、伊波礼毘古は正座で九十九のことを迎えた。来館時と同じように、妙な腰の低さと丁重さがやりにくい。

「伊波礼毘古様、夕餉の膳をお持ちしました」

本日の料理を、部屋の卓に並べた。

『ほほう。鯛麺ですか……しかし、これは美しい』

伊波礼毘古は膳を前に、大げさな感激を表現していた。

本日の料理は鯛麺だ。瀬戸内海広域の地域で食べられる郷土料理の一つである。鯛とそうめんを同じ皿に盛りつけるのが基本だ。

大皿には、塩焼きの鯛。彩っているのは、錦糸卵とネギや生姜《しょうが》、茗荷《みょうが》などの薬味、そして、五色に色づけられたそうめんである。

五色そうめんはコシが強く、色鮮やかな特長がある。着色には梅や抹茶などを練り込んでおり、豪華で美しい見目のため祝いの席で好まれてきた。

「お気に召して、よかったです」

『これは食べるのが楽しみです』

伊波礼毘古は豪快に笑ったあとで、手をあわせた。けれども、箸はとろうとしない。

湯呑みにお茶を淹れながら、九十九は少しだけ様子をうかがった。

すると、部屋の隅からスルスルと黒い影のようなものが歩いてくる。小柄な子供くらいの影は、自然な動作で傀儡の隣に座った。

やはり、食べるのは本体である影のほうらしい。

『気になりますか？』

しゃべるのは、傀儡だった。

「い、いえ……すみません」

知らず知らず、お客様に気を遣わせていたようだ。

九十九は急いで湯呑みを差し出し、部屋を出ようとする。

『神々の中でも我が在り方は特異ですからな』

伊波礼毘古は慣れた素振りで、両手を広げた。

黒い影は、隣で黙々と鯛麺をすすっている。白い穴のような口が開き、その中にそうめんが吸い込まれていくのは、ちょっとだけ不気味だった。

『我は人の歴史を築いた存在でありながら、実在しないことになっておりますから。故に、我が存在は虚無です』

初代・神武天皇は実在しない。これが定説であった。

日本統一の覇権争いに勝った天皇家が作ったのが日本建国神話であり、後に神武天皇とされる伊波礼毘古は架空の人物。天皇家に都合のいい英雄像であるとされていた。それが史実なのだ、と。

「でも、そういう神様って、たくさんいらっしゃいますよね？　貧乏神様だって、人間の伝承から生まれたと言っていましたし……」

神々は人智を超えた存在だが、人間の畏怖や信仰があって初めて成立する。だから、名を忘れられ、信仰を失った神は「堕神」となるのだ。

貧乏神だって、最初は存在していなかった。なにもないところから、人々の信仰が生まれ、神として形を成したと九十九は聞いた。

この場合の伊波礼毘古も、貧乏神と似たようなものではないか。九十九はそう思ってしまったのだ。

『天皇家の始祖としての我は神として存在しています。なれど、人としての我は、既に誰の心にもいないのです』

「え……」

九十九は言葉を詰まらせた。

『もう人であったころ……伊波礼毘古と呼ばれるようになる前の我の存在はありません。伊波礼毘古の雛形となった男は実在していないことになっています。今、ここにあるのは、神の子孫として国家を統一した伊波礼毘古という神です』

神としての伊波礼毘古が語られる日本建国神話は人間が創った虚像だ。

しかし、そこには伊波礼毘古のモデルとなり、実際に朝廷を開いた人物がいた。きっと、元はその人間を神格化するための逸話だったのだろう。

けれども、誰も彼を知らない。

伊波礼毘古がこのような歪な神として成立している理由が、なんとなく九十九にも見えてきた。

黒い影である「彼」は伊波礼毘古とは別の存在。

されど、同じでもある。

虚像である伊波礼毘古の傀儡を動かす存在として、ここにいる。

『此の宿には感謝しております。我はもう二度と、我が主に会えぬものと思っておりましたから。どのような形であれ、お姿を拝見できることに無限の喜びを感じています』

「えっと、主って？」

そういえば、来館時にも似たようなことを言っていたと思う。

彼は明らかに、シロを「主」と呼んでいた。お客様でありながら、何故か九十九にまで頭を下げている。シロの巫女であり、妻だから。

九十九は意味を深く考えないようにしていたが……。

天照の言っていた、湯築屋に神々が集まる理由に関係があるのだろうか。

『主は拒まれますが、我が勝手に行っていることでございます。時折、ご尊顔を拝見するだけでよいのです』

伊波礼毘古は九十九の疑問に答えない。

黙っている室内に、ズズズっとそうめんをすする音が響く。傀儡が話している間も、影はずっと鯛麺を食べていた。

会話や動作は傀儡のほうに任せて、本体は好きなように過ごしている。なんとなく、傀儡と本体で中身が違うような錯覚に陥った。ほとんど中身が同じであるシロの傀儡とは性質が異なるようだ。

『ごちそうさまでした。とても、美味しかったです』

伊波礼毘古は両手をあわせていた。

いつの間にか、食べ終わっている。

空になった膳を前に、影が薄ら笑った気がした。

「はい、どうも……ところで、伊波礼毘古様」

つい、そのまま膳を下げて持って帰るところであった。

「お月見をしませんか。今、湯築屋で準備をしています」

『ほお。月見ですか』

月見のことを提案すると、伊波礼毘古はしばし考え込む。

『それは、主が望まれて催すのですか？』

予想していない返答だった。

「いえ……シロ様は、いらっしゃらないそうです」

『左様ですか。であれば、我はお断りさせていただきとうございます。どうぞ、皆様でお楽しみください』

アッサリと断られてしまい、九十九は面食らう。

宿泊中のお客様に声をかけて回ったが、明確な理由なく断ったのは伊波礼毘古が初めてだ。

いや、理由はきっとあるが……。

「わかりました」

だが、無理強いするものでもない。

九十九は素直に引き下がるほかなかった。

3

「諸説ありますが……夏目漱石《なつめそうせき》はI love you.を『月が綺麗ですね』と訳したそうですね。これは『愛』という言葉を使わず、日本人らしい奥ゆかしい表現を漱石が好んだからだと言われています」

　教科書を読み終えた国語教師が余談でそんな話を披露した。

　文化史の授業は退屈になりがちだ。誰々が何年に、『○○』という作品を発表した、といった事実を羅列するだけになってしまう。内容や逸話と紐づけなければ、覚えにくい。少しでも印象深い授業にするための工夫である。

　夏目漱石に関するエピソードを聞きながら、九十九はシャーペンを止めた。

「湯築さんは、この告白を聞いたらどう思いますか？」

「え？　えっと……その……」

　突然、指名されて九十九は困り果ててしまった。

　あいにく、九十九には明治の文豪のような卓越したセンスも文才もない。加えて、シロがそんなことを言うはずがないとも、考えてしまう。まったく想像がつかない。

「相手の人を月にたとえて、綺麗ですねって褒めたんじゃないかと思います……だから、自分が言われたら、嬉しいです」

しどろもどろになりながら答えると、国語教師は「そうですね。嬉しいですね」と言い、次の生徒を探す。何人か当てるようだ。

「では、麻生《あそう》さん」

指名されて京が立ちあがる。

「うちなら、バシッとわかりやすく告白してって言います。絶対、意味わかんなくてスルーしちゃいますよ」

教室中がクスッと震えた。とても京らしい回答である。

そうやって、何人かの意見を聞いたあとに、「みんな感じ方はそれぞれですね」と締めくくって、次のトピックスへと授業が進んだ。別段、正解のある質問でもないため、お遊びのようなものである。


「今日もおつかれさまー！」

長く感じる学校の授業が終わると、京が颯爽とカバンを持って教室から出ていく。

最近、バスケットボール部の助っ人をしているので忙しいようだ。三年生になり、受験もひかえているのに、なんともアクティブである。

「九十九ちゃん、今日は早めに帰る？」

「うん、お月見だからね」

小夜子に声をかけられ、九十九は元気よく応じる。

月見の準備はトントンと進み、いよいよ今夜となった。

当初は花見と同じく道後公園での月見を予定していた。しかし、ただ月を眺めて団子を食べたり、お酒を飲んだりするだけということで、場所が変更になった。

ケサランパサランのような人間に化けないタイプのお客様もいるし、シロも同行しない。湯築屋の敷地内のほうが安全という結論に至ったのだ。

桜と違って月はどこからでも見える。

普段、お客様たちは湯築屋の門を潜ったら直接、結界の中へ招き入れられるが、湯築屋はきちんと現実世界に存在する宿だ。結界に直通しない限りは、普通の宿屋であった。小さな庭もついている。

「やっぱり、月見するんだってな。俺も行くからな！」

ケサランパサランは宿泊中であったが、将崇はいもたきの日に一泊だけで、自分の家へ帰っていた。近くのマンションを借りているため、彼にとって湯築屋は近所だ。あまり長居する意味もない。

将崇はフンッと鼻を鳴らしながら得意げに仁王立ちする。

「……勘違いするなよ。俺はあの忌々しい稲荷神がいないんだったら、行ってやってもいいと言っているんだ！　別に楽しみとかじゃないからな！」

「参加は自由だよ？」

「別に行きたくないとは、言っていないからな！」

「どっちなの？」

天邪鬼で正直者な将崇は顔を赤くしながら、否定したり肯定したり忙しい。猫を被っていた転校生キャラのほうが話はすんなり進んでくれるのだが。

「ねえ、将崇君ってお月様が嫌いだったりする？」

「はあ？　お前、馬鹿じゃないのか。嫌いだったら、月見なんて行かないんだぞ」

それもそうである。

愚問であった。

「いや、馬鹿は言いすぎたな」

「……珍しい。将崇君が謝った」

「お前、やっぱり馬鹿だろ。そして、俺を馬鹿にしすぎだぞ」

将崇は人間の姿のまま、プンスカと腕組みをした。

「月の満ち欠けは妖気や神気に影響するからな。俺たちは必ず眺めるものだぞ。人間だって、月や星を読んでいるじゃないか」

神気が月の影響を受けるのは知っている。常時、風の声を聞いている八雲などは、スマホに月齢カレンダーを表示させているし、九十九もそれなりに気にしていた。

「うん、そうなんだけど……なんとなく、好きとか嫌いとか、そういうことを聞きたくって」

「好きか嫌いかの話だったら、嫌いな奴の気が知れないな。ただ眺めるだけなら、害はないじゃないか」

　全面的に同意する。

　将崇の言葉は正しいと九十九も思った。

「嫌いな奴には理由があると思うぞ」

「例えば？」

「……月の綺麗な夜に失恋したとか？」

「それはお爺様のこと？」

「お、お前に関係ないだろ！」

　九十九だって、もしも、嫌なことがあったときに月が綺麗に輝いていたら、嫌いになるかもしれない。単純な例だが、端的でもある。

　なるほど、と納得していると、将崇が少しモジモジとややいじらしく九十九を見てきた。

「と、ところで……今日の月見に……あいつ、来るのか？」

「あいつ……？　ああ、ケサランパサラン様なら、喜んで参加するって言ってたよ。やっと、月見酒が楽しめる！　って、跳ねてたよ。とっても嬉しそうだったな」

「ち、違うっ！　そっちはどうでもいいんだよ！」

九十九が首を傾げると、将崇は愛嬌のある顔を真っ赤にしながら、耳を貸すように小さく手招きした。そんなにコソコソ話さなければならないのだろうか。

「あのちっこい狐だよ」

「え？　コマのこと？」

つい普段の声量で答えると、将崇は恥ずかしそうに「しーっ！」と人差し指を立てた。

「そんなに恥ずかしい？」

「べ、別に恥ずかしくなんかないぞっ！」

「……どっちなの？」

慌てふためく将崇の態度がちょっと理解できず、九十九は困ってしまう。

「湯築屋の敷地内でお月見することになったから、コマも一緒だよ」

「そ、そうか」

将崇は短く返して、パッと九十九から離れた。

唇がニヤニヤとした笑みを隠し切れておらず、なんとなく、嬉しそうである。

「別に浮気じゃないからな⁉」

「なんの話？」

まだなにも言っていないのに、将崇はそう叫んで自分のカバンを引っつかんだ。

「お、俺の花嫁はお前だしな！　い、いや、それも、あれだ。爺様《じじさま》の無念を晴らすためなんだからなっ！　別に好きとかじゃないからな……！」

「はいはい」

「あのちっこいのは狐だから気に入らないが、一応、俺が師匠だからな！　顔を出してやるのも、師匠の務めだ。あ、いや、別に弟子って認めたわけじゃないけど！」

「うん」

「お前、俺の話をちゃんと聞いてるか？　いや、別に聞けって言ってるわけじゃないぞ！」

「聞いてるよ」

「そ、そうか！」

天邪鬼なのか正直なのか、どちらなのかはっきりしてほしいが、きっと、将崇にとってはどちらも本音なのだ。

会話をしていると多少疲れるが、おおむね微笑ましく聞くことができた。

「コマのこと、気に入ってくれてありがとう」

コマは自己肯定感が低い。

自分を卑下する傾向があり、いつも自信がなかった。

将崇を「師匠！」と呼んでいるのは驚いたが、いいことであると九十九は思っている。

あんなに「変化《へんげ》が下手だから」と言って嫌がっていたコマが、将崇の言葉一つで、大勢の前で化けてみせたのは意外な進歩だ。

あれっきり、恥ずかしがって変化しようとしないが、将崇がいれば積極的になるはずである。

それはコマにとってプラスであると九十九は信じていた。

「わたし、最近嬉しいの」

湯築屋を思い浮かべながら、九十九は唇を緩める。

登季子の営業で海外のお客様がたくさん訪れるようになった。

小夜子がアルバイトで働くようになって新しい風が吹いている。

九十九が京との時間をとるようになった。

進路は決まっているが、大学受験を決めた。

コマが前向きになりはじめている。

いろんなものが少しずつ変わっている。

それは進歩なのだと、九十九は思うことにしていた。

シロはどう思っているのだろう?

「シロ様も同じことを思っていてくれたらいいんだけど」

九十九が嬉しいと思っていることが、シロにとっても同じである保証などない。

シロは神様で、九十九とは感性が異なる。

同じものを見ていても、まったく感じ方が違う存在だ。

だから、そんな風に思っていてくれれば、どんなに素晴らしいだろう。

「お前、なに言ってんだ？」

そんな九十九の想いとは裏腹に、将崇は当たり前のように眉を寄せた。

「夫婦なんだから、分かちあうモンだろう？　一方だけにあわせていたら、長く続かないって爺様だって言っていたぞ？　そんなモン、一緒にいたらわかりあうモンじゃないのか？」

「え……」

将崇は九十九の夫が神様だと知っているはずだ。

それなのに、夫婦はわかりあって当然だと述べている。

その言葉は、いつかの「わかりあう必要などない」と言った小夜子とは正反対である。

だが、不思議と……真逆の意見だとも思えなかった。

「まあ、お前は俺の花嫁にするんだから、その必要もないけどな！」

将崇はそう締めくくって、先を歩いていく。やりとりを黙って聞いていた小夜子がクスリと、「九十九ちゃんも帰ろ」と手招きした。

「待って、わたしも帰る」

二人を追いかけるように、九十九も教室を出た。

九十九と小夜子、将崇は同じ電車に乗って、三人で道後まで帰っていく。

小さな路面電車から眺める夕方の松山市内も、それなりに風情があって好きだ。

新しい建物も多いが、昔ながらの古い看板やビルは見ているだけで人々の営みを読み取れる。路面電車のレール沿いに敷き詰められた石畳も温かみがあり、下町情緒を印象づけていた。

何気ない生活に溶け込む空気感。

改めて視線を向けて、初めて忘れかけていたよさを実感できる。

そんな景色だと思っていた。

「今日は晴れてよかったね」

小夜子が空を見あげ、九十九もうなずいた。

いもたきのように、湯築屋の結界内で行うイベントは天候を気にする必要がない。しかし、今回は湯築屋の敷地内だが、結界の外だ。天気は懸念事項の一つであった。

中秋の名月なのに、天候のせいで月が見えないのは、やはり物寂しい。

「うん。帰ったら、お月見団子作るの手伝おうっか」

「仕方ないな……」

九十九は小夜子に言ったつもりだったが、将崇が勝手に肩を竦めている。どうやら、手伝ってくれるつもりのようだ。

「将崇君、ありがとう」

「べ、別に、手伝うなんて言ってないぞ！」

「あら、残念」

「しょうがない。人手の足りないチンケな宿屋だからな。手伝ってやる……団子作りは爺様に教えてもらって得意だからな！」

「結局、どっちなの？」

いつも通りの将崇を見て、小夜子も楽しそうにしていた。

月見団子はたくさん用意したい。人手があるのは助かった。

三人は終点の道後温泉駅で下車し、まっすぐ湯築屋へ向かう。途中の空き地や道後公園のほうから、秋らしい虫の声が聞こえ、月見気分を盛りあげてくれた。

まだまだ夏のように暑いが、日が落ちると涼しくなる。

少しばかり冷たい風が、ポニーテールを揺らした。

「絶対、みんなで作ると楽しい――あ、そうだ。ねえねえ、小夜子ちゃん」

九十九は自分の思いつきに対する意見を求めようと、小夜子に手招きする。

耳元で九十九の提案を告げると、小夜子は「それ面白い！」とうなずいてくれた。

「な、なんだよ！　お前ら……俺を除《の》け者にしようっていうのか⁉」

一人だけ会話に混ざれなかった将崇が口を曲げる。

「ううん、違うよ。将崇君のお陰で思いついたの」

「ん？　俺のお陰？」

そう言うと、将崇は目の色を変えた。

九十九の考えを伝えると、将崇も楽しそうにうなずいてくれる。彼にも気に入ってもらえると確信していた。

三人は足並みを揃えて、湯築屋へと急ぐ。

そして、ワクワクとした好奇心を抱えたまま玄関をあがり、厨房で作業している幸一のもとへと走った。

「あ、つーちゃん。おかえり……って、どうしたの？　お腹空いたの？」

厨房で出迎えてくれた幸一は、ズンズン迫ってきた九十九と小夜子、将崇の三人に気圧されている。火にかけられた鍋からは、甘い匂いが立ち込めていた――月見団子用のあんこだ。

「お父さん！　プランの変更をおねがいします！」

九十九が勢いよく告げると、幸一は少しばかり驚いたあとに、ふんわりと春風のように返答した。

「うん、いいよ。つーちゃんの思いつきに応えるのが、僕の仕事だからね」

九十九の思いつきで料理の予定を変えることが多いのは事実だ。いつも土壇場で申し訳ないが……やはり、いいと思ったらチャレンジしてみたい。

幸一も九十九の性分をわかったうえで、承知してくれた。

「じゃあ……お団子用のあんこと生地、大皿に載せてそのまま広間に運びましょう！　お客様たちには、開催時間が早くなると伝えにいきます！」

そこまで告げると、幸一も九十九がなにをしたいのか察してくれた。すぐに「面白そうだね」と言ってくれる。そして、即座に準備へ取りかかった。

将崇は厨房に残って、幸一を手伝う。小夜子は従業員たちにプランの変更を伝え、九十九は宿泊しているお客様たちのところへ向かった。

が、その前に。

九十九は立ち止まって、

「シロ様」

なにもない廊下に呼びかけた。

フッと背後に気配。まったく、わざわざ九十九のうしろに現れなくても……ふり返ると、シロが立っていた。

「どうした、九十九」

呼べば現れてくれる。その安心感は、九十九の胸を軽くした。

けれども、本題は忘れない。

九十九はできるだけ楽しげな表情で、シロの手を両手で包んだ。いきなり九十九から手を握られて、シロは琥珀色の瞳を瞬かせる。

「シロ様。お月見は参加しなくても、お団子は食べますよね？」

「……儂はあんこたっぷりの団子が好きだ。串団子がよい」

「お団子の好みを聞いたわけじゃないんですけど……まあ、いいです」

妙なズレに流されず、シロを握る手にグッと力を入れる。

絶対に逃がさないように。

「お団子、一緒に作りませんか？」

ニッコリと満面の笑みで九十九はシロを誘う。

「お月見団子をみんなで作ることにしたんです。まだ日が落ちていませんし、月が綺麗に見えるまでの間、お客様みんなで好きなお団子を作って過ごしませんか？」

九十九の誘いを受けて、シロは困惑して視線を逸らした。

やっぱり、駄目かな？

不安がよぎった。

「……団子は、食べ放題か？」

しばしの沈黙のあと、シロはおずおずと問う。

「はい！　好きなだけ食べて大丈夫です！」

「儂は外へは行かぬ」

「作ったお団子を食べながら、お酒を楽しんでいてください。伊波礼毘古様もシロ様と一緒に結界に残ってくれるそうです」

やはり、行事はシロにも参加してほしい。みんなで一緒に「楽しい」を共有したかった。

月見団子を一緒に作るだけだ。ひとときの楽しみでしかない。

それでも、シロと出来事を共有したかった。

九十九のわがままで身勝手な思いつきだ。もしかすると、シロに無理を強いているかもしれない。

でも、シロは受け入れてくれた。

「絶対に楽しみましょうね！」

九十九が選んでシロを巻き込むのだ。

責任を持って楽しんでもらおうと決めた。

コロコロ、コネコネ。

大きなボウルに入った生地を適量とり、掌でこねる。

もっちりとした弾力のある上新粉《じょうしんこ》の生地を潰し、中にあんこを入れて包む。沸騰した鍋で数分茹で、氷水に潜らせるのが基本的な月見団子の作り方だ。

湯築屋の宴会広間には、お客様が集まっていた。

それぞれ大きなバットに盛られた団子生地やあんこを手に、思い思いの形に丸めている。

広間の隅では、幸一がカセットコンロを使って、団子を茹でる準備をしていた。

「俺の団子が一番大きいぞ！」

そう言って、将崇が大きくてまん丸の団子を掲げた。ずっしりとしていて、とても食べ応えがありそうだ。

「師匠、お上手ですっ！」

将崇の作った団子に、コマがパチパチと手を叩いていた。しかし、両手にベッタリと団子の生地がついたままだったので、「うっ……ベタベタします……」と残念そうに耳を下げてしまう。

そもそも、狐の手だと団子生地やあんこは丸めにくい。毛に絡まって、上手くいっていないようだった。

「ウチ、なにやっても下手なので……」

コマはガクリと肩を落とす。

九十九はなんとか元気を出してもらおうと、コマのほうへ歩み寄る。だが、その前に将崇がコマの隣に座った。

人間の姿で、あぐらをかく。

「しょうがないな。どれくらいが食べやすいんだ？」

コマはパァッと表情を明るくして、将崇を見あげる。

「ウチ、串団子にしたいですっ！」

「わかっ……いや、か、勘違いするなよ！　別にお前みたいな狐なんか……！」

「え……はい、そうですよね……ごめんなさい……」

「う、いや……今回だけは特別なんだからな！」

「ありがとうございますっ、師匠！」

将崇は器用にコマの注文通り、コロコロと小さな団子を作っていく。

ここは放っておいても問題がなさそうだ。

九十九は安心して、他のお客様たちに視線を移す。

天照は楕円形の団子を作り、あんこで周りを包んでいた。三重《みえ》の赤福《あかふく》に似たスタイルだが、関西の月見団子はこれが主流らしい。

甘いものがそれほど好きではない蝶姫は、小夜子と一緒にあんこの入っていない団子を作ってピラミッドのように積んでいた。二人とも几帳面な性格が出ている。お店のディスプレイのように整然としており、見た目が綺麗だ。

「月見団子はよい。酒を出すがよい」

広間の隅で要求しているのは、ケサランパサランだった。

体毛のフワフワ感に反して、お酒やおつまみが好きである。いもたきのときも、ずっと飲酒していた。

シロなど神様たちと同じで、いくら飲んでも平気らしい。ザルのように朝から晩まで酒を浴びている。

「ケサランパサラン様、まだ月は出ていませんよ」

「よいのだ。皆の楽しい姿を見ているだけで、朕は気分がよい。酒の肴《さかな》である」

アンゴラウサギのような見目のケサランパサランはコロンと畳に転がる。月見団子はどうでもいいが、広間で行われる楽しい様子には興味があるようだ。

「朕はケサランパサラン。朕の毛は幸運を呼び込む吉兆の印。幸を与えてこそ、朕の歓びぞ……まあ、神の加護があるそなたには必要ないかもしれぬがな」

ケサランパサランは九十九を見あげていた。

九十九はケサランパサランから、綿毛をもらっている。きちんと白粉と一緒に、桐の箱で保管していた。幸運が訪れるという実感はないけれど、持っているとなんとなく嬉しいものである。

「おっと、あまり朕が話しておると邪魔だな」

「え？」

ケサランパサランは、そのまま杯を頭に載せて跳ねていく。九十九は追おうとするが、うしろに誰か立っているのを感じてやめる。

「シロ様、いたんですね」

パッとふり返ると、シロが九十九を見下ろしていた。

先ほど、「あとで行く」と返答され、それきりだったので少しばかり心配していたのだ。

「九十九が誘ったのだろう？」

「はい、わたしがお誘いしました。お団子食べ放題ですよ」

「うむ。では、九十九。作ってくれ、特大で頼んだぞ」

シロは偉そうに腰に手を当て、九十九に団子作りを要求する。しかし、九十九はそんなシロの手を引いて、広間に並んだ卓を示した。

「一緒に作るんです。シロ様の分は、シロ様が作ってください」

九十九はシロを適当な席に案内する。シロはちょっと面倒臭そうにしながらも、九十九に導かれるままストンと座った。

目の前に団子の生地と、あんこの容器を並べる。手につかないように、薄力粉《はくりきこ》も用意した。

「着物が汚れますから、割烹着《かっぽうぎ》もつけましょうね」

九十九は押しつけるように割烹着を渡す。シロは大人しく袖を通してくれた。

長い髪の毛も邪魔そうだ。九十九はこんなこともあろうかと、自分のシュシュを使って手早くシロの髪をポニーテールに束ねた。

「準備がいいな」

「はい！」

九十九は元気に返事する。

けれども、不意にシロと目があい、身が強張《こわば》った。

普段、シロはたいてい同じ装いだ。藤色の着流しに、濃紫の羽織。白い絹のような髪は束ねず無造作に垂らしている。

男とも女とも言い難い見目はいつも通り美しい。

割烹着を着ることで、いっそう艶めかしい女性的な側面を強く感じてしまう。髪を束ねると、男性にしては細めのうなじがくっきりと見えている。おさまり切らなかった髪がひと房、肩に落ちた。

び……美女すぎるのでは……。

思った以上に似合っている、という次元ではない。「これはこれで芸術なのでは？」と、九十九は目のやりどころに困ってしまった。

「ふむ。しかし、たしかにこれなら気兼ねなく団子が作れるな。九十九、感謝するぞ」

「あ……はい……」

「どうした？　九十九？」

「いえ……なんでも……」

見れば見るほど、綺麗な女の人だ。普段はあまり気にならないが、シロはたしかに女性的でもある。力が強くて、比較的、骨格がしっかりしているため、男であることを疑わなかった。

それに、シロは九十九の夫だ。

女の人のように見えなくもないとは言っても、そこまで意識する機会などあまりない。

「九十九よ」

「はい」

そういえば、声も男にしては高めの気がしなくもない。神様なので見目麗しいのは珍しくないが、こんなに中性的なお客様を九十九は見たことがなかった。

「さては、儂の美貌に見惚れておるな」

シロは得意げに、シャキーンとポーズを決めた。

途端に、ドキドキするような美しさが色褪《いろあ》せて、ものすごい残念な空気が漂う。

「シロ様、珍しく空気を読みましたね！　すごいです！　それです、それ！　そういう残念さが今は必要でした！」

あ、これだ！　これ、いつもの空気だ！

九十九は飛びつくように、シロの手をつかんでブンブンふった。

「む……その言い方は、どうなのだ。まるで、儂がいつも残念のような言い方ではないか」

「ソンナコトナイデスヨ」

「何故、棒読みなのだ！」

シロは拗ねて頰を膨らませる。子供のような仕草がいつも通りで、逆に九十九はホッとした。

いもたきの夜から、妙にシロを意識してしまっている。

それは恋心なんて甘酸っぱいもののせいではなく……なんとなく、「シロに触れてはいけない」という意識が刻まれていたからだ。

あのとき。

シロは九十九のことを抱きしめながら、なにを考えていたのだろう。

どうして、あんなに怯えていたのだろう。

踏み込めない。

約束があるからではない。

近づけない空気だった。まるで、シロの周りに結界でも張られているかのような……。

「よし、九十九よ。特大の串団子を作るぞ」

「串が折れない程度にしてくださいよ」

「任せよ。儂はテクニシャンだからな！」

「なんですか、それ……」

「天照が、妻との共同作業のときに伝えると、喜ぶと言っておった」

「はあ……」

九十九もシロの隣に座った。

シロは嬉しそうに、団子の生地を千切って丸めている。その端正な横顔は、九十九の心を休めてくれた。

いろいろ思うところはあるけれど……シロ様が楽しそうなら、それでいいか。

そう思えた。

「九十九、見るがよい。これが理想の串団子ぞ」

シロはキラキラとした表情で、できあがった団子を自慢した。話半分につきあいながら、九十九も自分の団子を完成させる。

結局のところ、シロと同じ串団子を作っていた。食べるときに、手が汚れないし、外に持っていきやすいと思ったからだ。

時計を確認すると、午後六時半。

そろそろ外が暗くなりはじめる時間だ。

各々に団子を丸める作業も落ち着いている。外では陽が沈み、虫の声が響いているだろう。

お客様たちを結界の外へ誘導するには、いい頃合いだ。

部屋の隅に視線を向けると、黒い影のような存在があった。

影——伊波礼毘古に近づくと、こちらを見あげた。影だけを見ると、小柄な子供のものに見えてしまう。

「お団子食べませんか？」

「…………」

傀儡がいないと言葉を発せられないのかもしれない。九十九は困ってしまい、周りを見回す。伊波礼毘古の傀儡は近くにいないようだ。

「……気ヅカイ……感謝……」

影の口から片言のような言葉が漏れる。

意思の疎通は可能らしい。九十九はホッとしながら、手に持っていた串団子を差し出した。

小さめに丸めた団子の上に、たっぷりとあんこが載っている。シロと一緒に作った自分の分だ。

手渡すと、影は表情のわからない顔で串団子を見つめた。

「……アリガトウ……ゴザイマス……我ガ主ノ……巫女」

影の口が開き、串団子が吸い込まれるように消える。

「伊波礼毘古様は、本当にお月見に参加しなくていいんですか？」

「……ハイ……」

伊波礼毘古はコクリとうなずいた。意見は変わらないようだ。

「シロ様がいらっしゃらないからですか？」

団子を作り終えると、シロはさっさといなくなっていた。

きっと、団子を持ってどこかの部屋でお酒を飲んでいるのだ。

元々、その約束だったし、前座のお団子会はシロに少しでも行事に参加してほしくて急遽企画したものだった。ひとときでも楽しんでもらえたなら、それでいいと思う。

「……ハイ……」

「伊波礼毘古様の傀儡……いや、傀儡って呼んでいいのかわかりませんけど、大きいほうはシロ様のところですか？」

「……イカニモ……」

コクコクとうなずいた。

伊波礼毘古は人々が作りあげた架空の人物であり、虚像。それ故に、元となった人間の存在は忘れ去られている。

だが、彼はたしかに伊波礼毘古であった。

その事実だけが、影としての彼を存在させている。

他の神様とは明らかに成り立ちが違う。

「伊波礼毘古様。やっぱり、一緒に外へ出ませんか?」

九十九は部屋の角に体育座りする伊波礼毘古に手を差し伸べた。

うしろでは、すでにお客様たちが月を見ようと庭へ移動している。今日は結界を特別に縮小しており、庭に出れば直接、外と繋がるようになっていた。

「外は塀に囲まれています。このお姿で外に出ても、湯築屋の者以外に見つかる心配はないです」

「……シカシ……」

「シロ様のほうは気にしなくていいですよ。お客様に楽しんでもらえるほうが、きっと喜ぶと思います」

差し伸べた九十九の手を伊波礼毘古はじっと見ていた。

動く気配はない。

「……ヤハリ……湯築ノ……巫女ダ……」

「?」

影が薄らと笑ったのは、勘違いではないと思う。

九十九の手に、伊波礼毘古がスッと手を重ねた。

「じゃあ、お連れしますね。今日は晴れの予報です。よく月を見ることができますよ」

九十九は伊波礼毘古の手を引いて立ちあがらせた。伊波礼毘古は九十九に導かれるまま、湯築屋の庭へと歩く。

まるで、子供の手を引いているようだ。この人は、かつて日本を統一し、建国へ導いた偉人だというのに。

その功績のほとんどが創作だとしても、間違いなく、彼は存在した。九十九がおもてなしをするお客様であり、敬意を払うべき人物だ。

「……月……」

湯築屋の庭へ出ると、大きな月が見下ろしていた。

満月に照らされた空は明るく、濃い藍の色に染まっている。月は青白くて銀色の穏やかな輝きを放っていた。

綺麗。

単純にそう思った。

同時に、「まるで、シロ様みたいだなぁ」と考えてしまう。

なんとなく、月はシロと似ている。色合いが近いからだろうか。月の淡くて白くて美しいところが、シロを連想させるのかもしれない。

――夏目漱石は I love you. を『月が綺麗ですね』と訳したそうですね。

ふと、最近聞いたようなフレーズが頭に浮かんだ。

たぶん、授業中だったかな。

あのときは、つい「こんなロマンチックな告白はシロ様の口から出ないんだろうなぁ」と自分に置き換えてしまった。

「月……まん丸ですね」

月が綺麗と言いかけて、九十九は言葉を改める。

あれは、あくまでも「そういう逸話がある」というだけの話だ。別に九十九が月を見て綺麗という感想を述べるのが悪いわけではない。「月が綺麗ですね」と言われて、愛の告白だと受け取る人なんて今の日本人にたくさんいるとも思えなかった。

それでも、隣にシロがいないと思うと、別の言い回しを使いたくなってしまう。

「若女将、月見酒でもいかがかしら？」

伊波礼毘古の手を引いてぼんやりと月を眺めていると、天照がお酒のビンを持っていた。

悪気はまったくないという態度だが、表情がニンマリとしている。

「天照様。わたし、未成年ですよ」

「あら、そうでしたわ。今の日本では、若女将はお酒を飲めないのですよね」

「天照様、前にジュースだって言いながら、わたしにお酒を飲ませましたよね」

「ふふふ」

「ふふふ、じゃないですよ」

確信犯だ。九十九はため息をついた。

「まったく、この国も生きづらくなりましたわね……あなたも、そう思わなくて？」

天照に同意を求められたのは九十九ではなく、伊波礼毘古だった。

「……ソレハ……ワカリマセン……」

伊波礼毘古は天照にそう返して、再び月を見あげてしまった。

天照はつまらなさそうに口を尖らせる。

伊波礼毘古の影からは、感情が読み取れない。もしかすると、なにか表情があるのかもしれないが、少なくとも九十九にはわからなかった。

「……既ニ神々ノ時代ハ……終ワッタ……我ハ……人民ヲ……信ズルノミ……」

伊波礼毘古の言葉に九十九はハッと息を吞んだ。

神々の時代は終わった。

お客様たちが感じていながら、決して口にしない言葉だった。

どのお客様もみんな理解している。

神々は人々の信仰の対象として存在していた。信仰がなくなれば、堕神としていずれ消える。その増加に危機感を覚える神様もいた。

しかし、神々の時代は終わったと断言するお客様は今までいなかった。

それは、自分たちの存在や軌跡を否定する行為だから。

「なるほど、あなたらしいですわね」

伊波礼毘古に天照は微笑みで返した。

蜜のように甘くからめとるような魔性の笑みではない。

まるで、我が子を慈しむ母のような優しい瞳であった。

天照にとって天皇家は自分の子孫。それは創作であると後の研究家は結論づけているが、九十九には真実なのではないかと感じられた。

いや、天照はきっと、九十九にも同じ顔を見せる瞬間がある。そんな気がした。

天照の本質は太陽神。

人や土地に恵みを与え、豊かさを育《はぐく》む母なる輝きの女神。

天照にとって、統治者たる伊波礼毘古も、人民たる九十九も等しいのである。

「本当に。これだから、人というものは愉しいのですわ……もっともっと、輝いてくださいまし。あなた方の輝きこそが、わたくしの生き甲斐なのだから」

九十九の考えを肯定するように、天照は二人に視線を向けて言った。

少女の見目でありながら、母親に褒められたようなこそばゆさがある。頭を撫でられている心地であった。

「ふふ。まあ、若女将。お飲みなさいな」

九十九がこそばゆい気分でいると、天照が再び持っていたビンと、紙コップを示す。

「お酒ではありませんから」

安心して、と天照は九十九の手にビンの中身を注いでくれた。

注がれた飲み物は淡いピンクで透き通っている。ほのかに香るのは、甘酸っぱくて濃厚な桃のような匂い。しかし、桃ではない。

「これ、山桃ですね」

「はい、山桃のジュースですわ。全国ツアーで高知へ行ったときに見つけまして、ついつい買い込んでしまったのです。もちろん、お酒もありましてよ。未成年などと硬いことは言わず」

「お酒は結構です。お仕事中ですから」

「まあ、残念」

てっきり、お酒だと思って警戒していたが、これなら飲めそうだ。九十九はありがたく頂戴する。

天照は満足して、ビンを抱えたまま他のお客様のもとへと歩いていく。

「ありがとうございます、伊波礼毘古様」

改めて、九十九は隣に立った伊波礼毘古に声をかけた。

伊波礼毘古は不思議そうにしている。

「人を信じてくださって」

今、人が豊かさを手に入れ、発展しているのは長い長い歴史を歩んできた成果だ。幾度となく失敗し、いや、今も失敗しながら進んでいる。

人の進歩は、神々の恩寵を否定するものではない。けれども、自分たちが獲得した豊かさ故に、神々の根源たる信仰心が薄れているのも事実ではある。

それを驕っていると評する神もいた。

悲しいが、九十九は否定する言葉を持ちあわせていない。それも事実であると思える側面はたしかにある。

だからこそ、伊波礼毘古が「信じる」と言ってくれたのは嬉しかった。

人を信じてくれると、神である伊波礼毘古の口から聞けたことが、九十九には嬉しいのだ。

まだ神様は人を見放さないでいてくれる。

共に歩んでいける存在なのだと、思えた。

「…………」

伊波礼毘古はなにも言わない。

なにも言わないままだが、きっと、笑ってくれている。そう確信して、九十九も微笑みを返した。

まん丸の月も微笑んでいる。

ここにシロ様もいればいいのに。

そう思ったことだけは、九十九はずっと口にしなかった。

♨　♨　♨

黄昏のように澄んだ藍色の空。

どこまでも、どこまでも、続いていきそう。

その色の先にはなにもない。ただただ、広がるのは虚無の世界であると、結界の主たる稲荷神白夜命は知っていた。

宿屋もそれを取り囲む四季も、すべては幻。

夢から覚めれば、残るのは虚無だけだ。

窓際に腰かけたまま、その夢を見下ろし、シロは指の先で串に刺さった団子をくるりと回してもてあそぶ。月もないのに、月見団子を食べるなど、滑稽だ。

けれども、巫女が自分のために用意した団子だと思うと、無下《むげ》にもできない。なにより も、美味い。

「儂に義理立てしておるつもりかもしれぬが……生憎と、儂には関係のないことだ。なにも返してやれぬぞ」

団子を口に運びながら、シロは部屋に向けて話しかける。

すると、先ほどまではいなかった人影が忽然と現れた。

『形が変われど、我が主に違いはありませぬ』

慇懃《いんぎん》に頭を下げる伊波礼毘古を横目で見て、シロは串団子を皿の上に戻した。

これは虚像であり、傀儡のようなもの。本体である影のほうは、別のところにいるようだ。

「儂はそなたが望む存在などではない」

『存じておりますとも』

「……そなたに恩寵を与えた主は儂ではない」

『承知しておりますとも』

「こちらの気も知らず……」

『我の勝手でございます』

シロは「はあ……」と重い息を吐いた。

やりにくい。

このやりにくさは、伊波礼毘古を相手にするときに限ったことではない。常連である天照であっても、同じであった。

神々は皆、前提が違うのだ。

『あなた様の恩恵があったからこそ、我はこのように神として存在しております。そして、この国の今があるのです。どんなに形が変わろうと、それに違いはありませぬ。我が身はすでに捧げられております』

嫌気がさす言葉の数々だ。

「お前たちは」

つい、そのようなことを聞いてやりたくなった。

「皆揃って、主を返せとは言わないのだな」

シロは吐き出すような問いを伊波礼毘古にぶつけてやった。

それは嫌味であり、侮辱であり、最大の自嘲。

そして、嫌悪に満ちていた。

伊波礼毘古に対する――否、すべての神々に対する嫌悪のようなものだ。

もちろん、その対象には発言者たる稲荷神白夜命も含まれる。

『皆、知っているのです』

だのに、伊波礼毘古は事もなげに答えを発した。

『主は、すでにご帰還されたところで、その役割を終えているのだと』

それは予想外に当たり前でありながら、予想外の辛辣《しんらつ》さをはらんでいた。

『如何様《いかよう》なお姿になられようとも、誰も責めますまい。あなたの存在にこそ意味があるのです。それ以外は些事でしょう』

八百万《やおよろず》の神々にはそれぞれ役割がある。

それは人々から求められている役目であり、神の存在意義に直結していた。

役割のない神などいないのだ。

なくなるとすれば、名と信仰を忘れられ堕神となるとき。神としての意義を失くし、消滅する瞬間だけだ。

ただ一柱を除いて。

『ご健在の姿を我が目に焼きつけることに意味があります。きっと、他の神々も同じでありましょう』

発言に他意はない。

伊波礼毘古の言葉はまっすぐであり、真摯であった。だからこそ、シロの耳には辛辣さとなって刺さる。

『どうか、我らに光を示し続けてくだされ。それだけが、我々の願いです――あなたにとっては、忌々しい勝手な願いやもしれませぬが』

わざと無視してやるように、シロは団子を再び持ちあげる。いくつか食べたあとなので、存外、軽く感じた。

いつの間にやら、伊波礼毘古の姿はなくなっており、シロは独りの空間に取り残されていた。

窓の外を見ると、幻影の彼岸花。

庭中を埋め尽くす真紅は血のようで。

されど、血は生き物の色。人はそれを不吉だと言うが、シロはむしろ尊《たっと》ぶべき色であると思っている。

「役割」

串団子を一つ口に含む。

甘い。だが、甘すぎない。絶妙な塩梅であった。団子にはもっちりとした弾力がある。硬すぎて歯につくこともなかった。

生地やあんこを作ったのは幸一だ。しかし、形成したのはシロである。それなのに、このように美味だと感じるのは、単にものがいいからか。

あるいは——。

「月見などと——」

空を照らす月など、久しく見ていない。

それがどういうものなのか、思い出すことはできる。

シロは人が想像するよりも長い年月を生きている。けれども、うん千年前の些細な出来事まで忘れず正確に記憶していた。他の神々と同じように。
だから、思い描くことができた。
眼が冴えるような蒼くて優しい光を。
ときに紅く、ときに黄色く、満ち欠けしながら、こちらを見下ろす存在を。
その光を浴びて無邪気に微笑む少女の姿も。
そして、虚無の中で月だけを見あげて過ごした永《なが》すぎる孤独も。
否違う、否違う。
此れは、儂の記憶ではない。
否違う、否違う。
だが、相違ない。
此れは、我《わし》の記憶である。
「……食べ足りぬ」
団子のなくなった串を指でもてあそんで、シロは独りごつ。

誰もいないほうが好ましいと思いながら、誰も聞いていないことを寂しいなどと、矛盾した思考であった。

♨　♨　♨

一頻《ひとしき》り飲んだり、食べたりして月見を堪能すると、お客様たちはバラバラと自分の部屋へと帰っていった。

いもたきのときと違って後片づけもそれほどなく、九十九たちも早めに業務を終えることができた。

「将崇君、今日はありがとう」

将崇は従業員側として、月見の運営を手伝ってくれた。

特に、団子を丸める際は、勝手のわからないお客様たちに手本を見せる役割を買ってくれた。そのお陰で、お客様たちは困らずに月見団子作りを楽しんだのだ。

九十九から声をかけられて、将崇はあからさまに顔を赤くする。

「こ、このくらい大したことないぞっ！　でも、その、なんだ！　俺がいてよかったな！」

「うん、本当に助かったよ。ありがとう」

「褒められたって嬉しくなんかないぞ！」

「じゃあ、褒めないほうがよかったかな？」

「そんなこと言ってないだろうが。もっと讃えろ！」

天邪鬼であり正直者でもある将崇との会話は回りくどいが、慣れると楽しい。最初の猫かぶりも悪くはなかったのだが、こちらのほうが自然体で、九十九も気兼ねしなくて済む。

「ウチからも感謝ですっ。師匠、ありがとうございます。お団子、とっても美味しかったです」

人の姿に化けている将崇の足元で、コマがピョコピョコと跳ねた。

「おま……お前は！　そういうところだぞ！」

「うぅ……すみません……お礼もしないで、虫がいいですよね……」

将崇の罵倒を真面目に受け止めて、コマはシュンと項垂《うなだ》れている。

「誰が卑しく見返りなんて求めるかよ。そんなチンケなこと気にするな！」

悲しそうなコマを見て、将崇は動揺の色を強くした。

「本当ですか？」

「お、おう。気にするな」

「……でも、なにかお礼したほうがいいですよね。ウチにできることでしたら、がんばりますっ」

コマは気合いを入れて、フンッと鼻息を荒くしていた。その意気込みを踏みにじることができず、将崇は押し切られる形で「わ、わかった……」と答えている。

二人のやりとりに微笑みながら、九十九は厨房に空いた器を片づけにいった。

厨房には大きなバットに余った団子生地とあんこが並べてある。少し時間が経ってから、ラップをしたため、やや表面が乾燥していた。

「お父さん、これ……」

洗い物をしている幸一に、九十九はつい話しかけてしまった。

「ああ、それ？　余りはおしるこにしようと思ってるんだ。勿体ないからね」

「おしるこ、いいかも。シロ様も喜ぶね」

「はは。たぶん、シロ様はぜんざいがいいって言うと思うよ」

婿入りしてからずっと、湯築屋の厨房を守ってきたのは幸一だ。シロの好みも熟知している。もちろん、他の常連客や従業員の好みもすべて理解していた。

「お父さん、これ……」

「いいよ、少し持っていってあげて」

言おうとした内容を先取りされてしまった。

幸一は九十九の目の前で、生地とあんこのバットにかけられていたラップを外してくれる。少し乾燥しているけれど、水を混ぜれば生地は問題なさそうだ。

「シロ様、きっと食べ足りないから」

「うん！」

九十九と幸一は同じことを考えていた。九十九は早速、残った団子生地を丸めはじめる。

シロが持っていった団子の本数は、九十九が想定していたより少なかった。

おそらく、シロは物足りないだろう。

串団子を手早く三本作り、皿に載せる。

九十九はそのまま皿を持ち、立ちあがった。

「ありがとう、お父さん！」

「うん」

幸一はふんわりとした笑みで九十九を送り出してくれた。九十九は父の優しさを背に感じながら、浮いた足どりで厨房を出る。

「シロ様、おかわりのお団子ですよ」

シロがどこで飲んでいるのかわからなかったため、九十九は適当な空き室に入るなり宙に呼びかけた。

「早く来ないと食べちゃいますよ」

九十九は冗談っぽく言いながら串団子を一本持ちあげた。

すると、九十九の手首に、別の手が添えられる。

「我が妻は太るつもりか？」

九十九の手から串団子を奪いながら、シロは悪戯っぽく言った。

シロの物言いに九十九は思わず、ムッと口を曲げてしまう。

「大きなお世話です。わたしだって、甘いもの好きなんです」

意地になって、皿に残っていた串団子をもう一本手にとり、そのまま口へ運んだ。

余りの生地で作ったので心配していたが、杞憂のようだ。変わらず、モチモチで美味しい月見団子が楽しめた。あんこの甘さもちょうどよく、疲れを癒やしてくれる。

「ゆっくり食べる暇がなかったので、自分用に作っただけです」

心にも思っていないことがスラスラと口から流れ出た。まるで、将崇のようだ。

「儂を呼んでくれたではないか」

「まあ……一人で食べるには、量が多いので。仕方なくですよ」

そんな天邪鬼を言っている自分は、とてつもなく可愛げがない。

追加の団子はシロのために作ったのだ。

二人で食べるために、少し多めに用意したのは本当だけれど。

「一緒に食べましょうか」

「九十九、酒も注いでくれ」

「ほどほどにしてくださいよ……シロ様のお酒代は馬鹿にできないって、八雲さんが珍しくボヤいていました」

シロはなかなか酔わないため、気がついたらビンが何本も空いていることがある。神様はみんな似たような体質なので、お酒の消費が激しく、湯築屋での飲食代は立派な収入源だった。

だが、シロの晩酌代はすべて経費となってしまう。お客様からいただいた酒代と、シロが飲んだ酒代が相殺される恐ろしい月が存在すると、八雲が教えてくれた。

いくらなんでも飲みすぎだ。

「善処しよう」

九十九は客室の窓を開ける。

外は庭一面に敷き詰められた彼岸花の紅で埋まっていた。まるで、紅い絨毯のようだ。人間の血の色。そのようにも感じる。が、単純にこの光景が幻想的で、九十九は好きであった。

それに、シロの幻影が作る庭には、彼が好きなものしかない。

頭上を見あげると、ぼんやりと暖かい色を湛えるガス灯。目を凝らしてもその上に月や星は見えなかった。

「シロ様」

おもむろに、シロは九十九の隣に並び立った。きっと、意味はないと思う。なんとなく、九十九の隣に移動してきただけだろう。

「今日の月は綺麗だったんです」

聞こえるか聞こえないか、小さく言ってみた。

案の定、シロにはよく聞こえなかったみたいで、もう一度、九十九の声を聞き取ろうと耳を近づけてくる。耳打ちできてしまいそうな近さだ。

ガス灯の明かりに照らされるシロの横顔も綺麗だった。

絹糸のような白い髪が暖かい色を吸って、黄色味を帯びている。琥珀色の瞳が柔らかく、宝石のようだった。

もう一度言ってみろ。そう促されて、九十九は唾を飲み込んだ。

「お月見、楽しかったです。やっぱり、お客様みんなで一緒になにかをするって、とても素晴らしいことだと思うんです。お団子も美味しかったですし、いろんなお話をすることができました。普段の接客では、お客様とじっくりお話しする機会もそうそう多くないですから……やってみて、よかったと思います」

一言ずつ、ゆっくりと言葉を重ねていく。

これは説明だ。

シロに対する説明ではない。自分自身の気持ちに対する説明だと思った。

「でも、シロ様」

息を吸い込んだ。

自分が大きく息を吸う音も、シロが息を潜める音も、不思議なくらいよくわかった。

「今日の月は……とても綺麗だったんです。シロ様みたいだなって思いました……今日は月が綺麗だったんです」

声が震えていることを悟られまいと、九十九はシロの耳から顔を離す。そして、涙がこぼれてしまわないように、笑顔を繕った。

「いつか、一緒に見たいです」

これは九十九にとっての精一杯だった。

精一杯のわがまま。

シロと一緒に月を見る日なんて訪れないだろう。

いつもシロは結界の中にいて、月は直接見られない。

それでも、九十九はいつか……一緒に今日の月を見たいと思ったのだ。

「シロ様も、あの月を見てわたしと同じことを考えてくれたら、とても嬉しいと思っただけです」

I love you. は『月が綺麗ですね』。

そんな愛の告白ができるほど、奥ゆかしくなどない。これは身勝手で傲慢な感情なのだから。

でも、ただ思っただけだ。

シロと同じものを見て、同じ感想を抱いてみたい。

それが九十九にとっての『月が綺麗ですね』だった。

たったそれだけの、小さなわがまま。

「儂には……九十九の考えておることを理解するのは難しい」

シロは九十九を覗き込むように、自分の顔を近づける。

顎に指が添えられ、視線が持ちあげられた。琥珀色の瞳は、心の中を探るようにまっすぐ、九十九の両目をとらえている。

シロは九十九を理解するのが難しいと言う。

しかし、九十九にはシロの瞳がすべてを見透かしているような気がしてならなかった。

宝石みたいに綺麗な瞳で心の奥底の深い感情まで、みんな見られているのではないかと不安になる。

そう思うと、どうしても九十九は自分の目を開けていることができなかった。ギュッと瞼を閉じて、震えながらシロが離れてくれるのを待つばかりだ。

「だから、これ以上、儂の中まで入り込むな」

「え……？」

閉じていた目を開ける。

すでにシロは九十九から目を逸らしていた。

「儂は九十九を——巫女を檻に閉じ込めて飼いたくなどない」

「シロ様？」

なにを言っているのだろう。

彼が九十九から離れようとしているのだけはわかった。

「………………」

ダメだ。

止めないと。

絶対に、また逃げられちゃう。

それだけは、させてはいけないと本能的に悟った。

きっと、シロはずっと逃げ続けてしまう。

九十九から逃げていってしまう。

「シロ様！」

とっさにシロの着流しをつかんだ。

シロの肩がビクリと揺れる。

「わかんないです！　シロ様の言ってること、わたしには、わかんないです！　全然、理解できません！　わたしだって、あなたのことがわかんないんです！」

必死でしがみついた。シロを逃がさないように。

着流しの袖を引き寄せて、しっかりと腕をとらえ、そのままの勢いで胸倉をつかんだ。

「でも、わたしは待つって言いました！　ずっとずっと、待ってます！　そういうお約束ですから。ずうっと、待っているつもりです！」

たぶん、今の九十九はものすごい剣幕なのだと思う。鏡では見られないような顔をして、シロにつかみかかっているに違いない。

シロは信じられないといった表情で、九十九を見下ろしていた。怯えて震えていたときと同じように、琥珀色の瞳が動揺している。

「檻があったら壊します！　鎖があるなら千切ります！　わたし、シロ様のペットじゃないんだもん！　だから！」

わたしだけを見て。

わたしだけを好きになって。

そんなわがままなんて言えない。

けれども、これだけは言う権利があるはずだ。

「だから……逃げずに、そこにいてください……」

そこにいるだけでいいから。

「逃げられると、追いかけたくなります」

待つと約束したのだ。

だったら、せめて待たせてほしい。

そう九十九が要求するのは、わがままではないはずだ。

シロは九十九から目を逸らさない——九十九もシロから目を逸らさなかった。

見つめあうなんて、ロマンチックなものじゃない。

睨みあいだ。

数秒の間。

互いの息づかいも、鼓動も、熱もすべてが筒抜けだ。緊張して背中を汗が流れていくが、目を逸らした瞬間に、この時間は終わる。

それは九十九の負けだと思えた。

「わかった」

一瞬の刻《とき》。

しかし、永遠に終わらないと錯覚した刻を破ったのはシロだった。

シロは呑み込むように一言。

九十九の手に、自分の手を添えた。

「何処へも行かぬ」

シロにつかみかかっていた九十九の両手から力が抜けていく。シロの表情から気が抜けて、ホッとしているのが伝わった。つかみかかっておいて今更だが、九十九も安心してしまう。

なんか、疲れた。

そう思ったあとには、崩れるように九十九の膝は脱力していた。

ヘタリと畳の上に座り込んだ九十九の肩をシロが支える。

安心しすぎてしまったようだ。身体に力が入らなくて、シロの腕にもたれるように身を預けた。

今だったら、シロはそんな九十九を拒むことはしなかった。

「疲れておるな」

シロの指が九十九の唇に触れた。震える花弁のような唇に、指が二本押し当てられる。

されるがまま、閉ざした口がこじ開けられた。

これ、このあと、どうなっちゃうのかな？

不安に思ったのは一瞬だけだった。

「はふっ」

次の数秒で、口の中で甘い味が広がっていた。

恋の味は甘酸っぱいレモンキャンディーではなく――小豆と砂糖がバランスよく調和し、もっちりとした団子を包んでいた。

「甘いものを食べれば、疲れがとれるとテレビで言っていた」

弾力のある団子を一生懸命、咀嚼する九十九に、シロは優しい声音のまま言った。

悪気はまったくない。純粋に「九十九が疲れているから、甘いものを与えよう」と思って行動しただけだ。

九十九はモグモグと無心で口を動かす。とにかく、無心。無言。無我。

「美味いか」

「はい」

飲み込むタイミングで、もう一度、串に刺さった団子を差し出される。

九十九はなにも言わず、啄《ついば》むように団子に食いついた。パクリ、モグモグ、ゴックン。

一連の動作を繰り返す。

「なんか……」

「なんだ？」

二つ目の団子を嚥下《えんげ》した段階で、九十九はようやく口を開いた。

「餌付けされてる気分です」

「儂も同じことを考えておった」

やっぱり、これ餌付けだった！

シロがまったく否定しなかったので、九十九はプゥッと頬を膨らませる。

そんな九十九の口元に、シロは再び団子を運ぶ。九十九は無視しようかと思ったが、それも癪《しゃく》なので、団子にガブリとかぶりついてやった。

「このまま離さぬと言ったら、どうする？」

「嫌ですよ。ずっとお団子は飽きるので、自分で他のご飯をもらいにいきます」

「望めば好きなものを与えるぞ」

「シロ様がお客様のおもてなしをしてくださるなら、どうぞ。無理でしょ？」

「……無理だな」

可愛げはないが、率直な返事をする。

シロは苦笑いした。呆れられてしまったのだろうか。それにしては、清々しく割り切ったような表情だった。

「儂の杞憂だったな」

「なんの話ですか？」

シロは九十九の額に唇をつけた。この段になると、九十九もだいぶいつもの思考に戻ってきている。ちょっと鬱陶しく思いながら、シロの身体を押しのけようと腕に力を込めた。

「十八になる夜だ」

え？

九十九はシロからなにを言われたのか、わからなかった。

「そこで話そう」

十八になる夜？

今月の十八日？　そうではないことは、なんとなくわかった。

「わたしの誕生日？」

話すって、なにを？

そう問う前に、なんとなくわかっていた。

九十九が十八歳になる誕生日——三月二十三日。

シロは九十九がずっと欲しかった答えをくれる。

ドキリと胸が高鳴って、心を覆っていた氷のようなものが、パキンと割れる音がした。

虹．狐と狸の冒険

1

稲荷神白夜命のおさめる結界には、四季がない。

天気がない。

風がない。

ただただ、静かさがあるのみである。

だから、テレビで雨の予報が出るたびに、「ここはお天気なのに、外は大変だなぁ」と、子狐のコマは思っているのだった。

この日も、そうである。

「いってきまーす！」

と、若女将の九十九が元気よく飛び出した。

そうかと思えば、数分後、

「ただいま！　傘忘れてた……いってきます！」

濡れた髪の滴を振り払いながら、九十九が玄関に駆け込み、そして、出ていった。

コマは嵐のような慌ただしさにキョトンとしつつ、遅れてクスリと笑う。

九十九は傘を忘れてとりに帰ったのだろう。天候に左右されない湯築屋では、日常の光景だった。

「いってらっしゃいませ、若女将」

コマが呼びかけると、九十九は急いでいるにもかかわらず、いったん立ち止まる。

今日は朝から友達と出かけるのだと言っていた。

カラオケという娯楽らしい。たまに、天照の部屋からも聞こえてくる。コマは歌も苦手なため、よくわからないが、とても気持ちがいいらしい。

九十九は湯築屋を支えて、いつもがんばっている。遊びにいくのは、いいことだとコマは思っていた。

「うん！　湯築屋をよろしくね、コマ！」

くるりとふり返って、九十九は元気いっぱい。

「はいっ！」

コマは嬉しくなって、ふわりと尻尾を揺らした。深く頭を下げてお辞儀をすると、尻尾が頭の上にやってくる。

ここはシロの結界だ。建物も庭もほとんど幻影なので、掃除はいらない。しかしながら、できるだけ綺麗な状態でお客様をお迎えしようという心構えはあった。稀に、お客様の落とし物があったりもする。

毎日、竹箒で掃きながら、何事もないかチェックするのも、コマに与えられた仕事であった。

彼岸花の紅と、イチョウの黄色がまぶしい。

目が冴えるような黄が、時折、はらりと落ちた。が、地面へ降りる前に塵《ちり》のように消えてしまう。

外は雨らしいが、見あげても雲など一つも見えない。

ここはずっと、「お天気」なのである。使い方は間違っているが、コマはいつも雨のことを「お天気雨」と呼ぶようになっていた。

コマは齢七十五。湯築屋に勤めて四十年。

化け狐の中では、まだまだ若い。けれども、幼いとは言えない子狐だ。

変化《へんげ》ができないコマを、シロが湯築屋に置くのはひとえに恩情だ。狐の中では浮いた存在であるコマに居場所を与えてくれた。

そんなシロにずっと感謝しているし、報いたいと考えている。

だが、ときどき。

ちょっぴり、恋しいときがある。

木々が風に揺れ、囁く様が。

集めた落ち葉の匂い。

夏の名残を残しつつ、冬の足音が聞こえる秋の気候。

湯築屋の中では見られない景色や季節の色が、堪らなく恋しいときがあった。

外に出る機会がないのが不満なわけではない。むしろ、外に出られないのはコマが悪いだけなのだから。コマに、並みの化け狐程度に変化の才能があれば、外を歩くために気兼ねする必要などない。

だから、寂しいと感じるのはコマ自身のせい。自業自得だ。

この間の月見は、本当に嬉しかった。

いつも、外での催しの際、人に化けられないコマは留守番だ。

しかし、月見は湯築屋の敷地内で行われたため、久々に参加することがかなった。

外は、湯築屋よりも少しだけ寒くて、それでいて、透明な水晶のように澄んでいた。別に湯築屋の空気が淀んでいるわけでも、道後の空気が美しいわけでもなかったけれど、コマにはそう感じられたのだ。

いつも見ている世界とは、違う色。

見るものすべてが輝いて見えた。

あんな空気を、また吸いたいなぁ。

竹箒で玄関を掃きながら、コマはぼんやりと考えていた。

「あれ？」

ふと、視線の先のものに、コマは首を傾げる。

ここは結界だ。木の葉は地に落ちる前に、塵のように消えてなくなってしまう。そのため、庭に落ち葉などあるはずがなかった。

しかし、コマの足元には葉っぱが一枚。

青々とした葉っぱが落ちていた。コマは竹箒を立てかけて、落ち葉を拾う。どうやら、葛の葉のようだった。

「どこから？」

さっきまでは、こんなものはなかった……コマは改めて、辺りを見回した。すると、結界の境界である門から、こちらを覗き込む影を見つけた。

「あ！」

「あっ」

コマはパァッと表情を変える。

一方、目があった人物――将崇は、慌てていた。首だけを結界に入れ、中をうかがっていたようである。

コマはチョコチョコと歩いて近づく。

「おはようございます、師匠！　若女将ですか？」

コマが問うと、将崇は観念したように結界に身体を入れる。肩や腕に水の滴を纏っていた。外はずっと雨のようだ。

「若女将なら、さっき――」

「べ、別に誘いにきたわけじゃないんだからな……！　あの女がいないか、確かめていたわけじゃないんだからな！」

「いえ、若女将なら、先ほどお出かけになったところです。お友達とカラオケと聞いていますが、師匠もご一緒じゃなかったんですか？」

コマがキョトンとして問うと、将崇は「なん……だと……？」と、奈落の底から響くような声で愕然としていた。

九十九に先約があったのを知らなかったようだ。彼は九十九を迎えにきたのではなく、どこかへ誘いたかったようである。

将崇は残念そうに肩を落とす。

そんな師匠を見ているのがいたたまれない。

「師匠……あ！　ケサランパサラン様はまだご宿泊中ですっ。ご一緒にどうですか？」

「は？　ケサランパサランと二人なんて御免だぞ。誰が男同士で、くるりんなんて……」

「くるりん？」

コマは耳慣れない単語を拾って、瞬きした。

ちょっとあとに、それが観覧車のことだと思い出す。もう随分と、湯築屋では聞かない単語だったので、なかなか結びつかなかった。

くるりんは、いよてつ髙島屋《たかしまや》の屋上にある観覧車だ。ビルの屋上に建設されたため、とても見晴らしがよいと聞く。

「師匠はくるりん、行ったことあるんですかっ？」

コマは湯築屋の外のことには疎い。自然とキラキラ熱い視線を将崇に送った。コマの視線を受けて、将崇は何故だか「うっ」と怯んでいる。

「ま、まだ……行ったことはない。べ、別に興味もないしな！　ただ……無料券が勿体ないから……」

将崇は言いながら、右手を見下ろす。彼の手には、くるりんの無料券が握られていた。雨で少し濡れている。

なるほど、無料券を使用したくて、九十九を誘ってみたというわけだ。それなら、コマにも合点がいった。

「じゃあ、使わないと勿体ないですよねっ！　やっぱり、ケサランパサラン様を呼んでまいりますっ」

「待てよ、話聞いてたのか？　誰が男と観覧車なんて！」

ケサランパサランを呼びにいこうとするコマの肩を将崇がつかんで止める。将崇の意図がよくわからなくて、コマはキョトンとした。

「その……仕方ないな！　あの女がいないなら……お前、来い！」

「え？　ウチ？」

思ってもいなかった指名だった。

将崇は顔を真っ赤にしながら、「そうだ！」と首を縦にふっている。

「でも、ウチ……」

思わず俯く。

コマは人間に化けるのが苦手だ。先日の変化だって、一分ももたなかった。そんなコマが、観覧車に乗りに街中へ行くなどできるはずがない。

「大丈夫だ。移動のときはぬいぐるみとして、カバンに入っていろ。ケサランパサランだって、そうやって連れてきたんだからな」

将崇は言いながら、リュックをパンパン叩いた。

コマの身体がすっぽり入りそうな大きさである。首は出したままになってしまうが、動かなければ問題はなさそうだった。

これなら……！　という希望が、コマの中にチラリとわいてくる。

湯築屋の外。敷地内ではなく、昼間の街を歩くことができるかもしれない。それは、コマにとっては魅力的な冒険だった。

だが、「でも、旅館のお仕事が終わってない……」と思い至ってしまう。

「あら、くるりん？」

コマが耳と尻尾を下げてしょんぼりしていると、品のある女性の声が聞こえる。

仲居頭の碧が笑っていた。

いつの間に、そこに立っていたのか。

将崇のほうも碧の接近に気づいていなかったようで、ちょっと驚いた顔をしている。

こう見えても、碧は武術の腕は達人級。気配を殺して近づく術も心得ており、コマなどでは気がつけない。

きっと、注意される。あまり仕事をサボるわけにもいかない。コマは将崇の提案を断ろうと、口を開けた。

「ちょうどよかった、コマ。お出かけするなら、高島屋で買い物を頼まれてくれない？

今、北海道物産展、やってるでしょ？」

「え？」

碧は「ふふふ」と優美な所作で、新聞の広告を取り出した。欲しい商品にマーカーがついている。

「ロイズのポテトチップチョコレートが食べたいと、さっき、天照様と話していたところなのよ。お客様のご希望でもあるし、私が買いにいこうと思っていたんだけど……コマが行ってくれるなら、助かるわ」

碧は軽く、「領収書は八雲さんに渡してね」などと言いながら、コマの首にがま口の財布をかけてくれた。

女将の登季子に似た顔だが、しっとりとした艶があり、それでいて芯の強さがうかがえる。大和撫子《やまとなでしこ》という言葉は、きっと、彼女のために存在するのだ。

「お遣い、頼まれてくれる?」

コマはやや重みのある財布を見下ろして、キュッと表情を引き締める。

これはお遣い！

「わかりましたっ！ ウチ、がんばります！」

コマは気合いを込めた返事をする。鼻から息を「フンッ」と吐くと、身体から力がみなぎってきた。

「そうと決まれば……師匠、行きましょうっ！」

「お、おう……！」

腕まくりをしてブンブンふり回す。将崇はコマに気圧されながらも、少し嬉しそうに応えてくれた。

「ええ、おねがいね」

碧はそんなコマに優しく手をふった。将崇にも同じ表情のまま、「コマをよろしくおねがいします」と言っている。

将崇がリュックの口を開けたので、コマはピョコンと乗り込んだ。気分はコックピットに飛び乗るパイロットである。

コマの首だけを残して、将崇がリュックの蓋を閉めた。

濡れた土の匂いや、湿気を含んだ風。

結界の外へ出ると、思いのほか寒い。

しとしとと降る雨で、道路も建物も、空さえも灰色に染まっていた。雨が門の屋根を叩く音はどこか寂しげで、気分も沈んでしまいそう。

けれども、それらの光景ひとつひとつに、コマは目を輝かせる。

「師匠、ウチ……雨、久しぶりですっ」

他に誰もいないことを確認して、コマは思わず囁いた。

「そんなに感激することかよ?」

「はいっ!」

「まあ……大人しくしてるんだぞ」

「がんばりますっ!」

コマの反応を理解できないと言いたげに答えながら、将崇は門に立てかけていたビニール傘を差した。

ビニールに雨粒が弾ける。

ポタポタ、ボタボタ。

コマには音楽は理解できないけれど、とても楽しげな旋律のように聞こえていた。

♨　♨　♨

意気揚々と出ていったコマと化け狸を、碧はにこやかに見送る。

観覧車に乗って帰る程度であれば、忙しい夕餉までには帰ってくるだろう。それに、天照とロイズのポテトチップチョコレートが食べたいと言っていたのも、本当のことである。

コマは人間に上手く化けられないため、外へ行く機会が少ない。いい気分転換になるはずだ。

実際、本人は非常に行きたそうに、身体をウズウズとさせていた。隠しているつもりだったかもしれないが、コマの感情は非常に読みやすい。

あんな顔を見せられたら、「駄目」とは口が裂けても言えない碧であった。

「それに」

あの化け狸――将崇は九十九に好意を寄せているようだ。

九十九のほうは本気になどしていないが、彼女は湯築の巫女としてシロに嫁いでいる身。あまり「いい虫」とは言えない。

妹である登季子が、かつて、シロとの結婚を拒んだことが結果的に悪かったとは言いたくない。

シロが許せば、それは認められるのだ。碧だって、今では幸一のことを許している。

当初は、幸一が本気かどうか、あんなことや、こんなことをして試してみたりもしたけれど……そのせいか、今でも幸一は碧と視線をあわせようとしてくれない。優しくしているのに、心外だ。

「あのときとは、状況も違うしね」

最近の九十九やシロ、そして、満更でもなさそうなコマと将崇の姿を思い浮かべる。

「絶対に、こっちのほうが面白いし可愛いのよね」

鼻歌など口ずさみながら、碧は竹箒でコマが残した掃除の続きをするのだった。

2

ガタンゴトン。

キキキーッ。

マッチ箱のような路面電車に揺られるのは、とても妙な気分だった。

自分で歩かなくとも、目的地に運んでくれる「乗り物」は便利だ。これに、九十九は毎日乗って学校へ行っているらしい。

将崇は電車の座席に腰かけ、コマをリュックごと膝の上に乗せている。

「師匠っ」

「しゃべるときは口元隠せよ」

あまり人が乗っていないため、つい話しかけてしまった。コマはリュックの中に口まで隠しながら、声を潜める。

「ウチ、重くないですか？」

少し気になっていたことだ。

コマはぬいぐるみの振りをして、ずっと将崇のリュックに入っている。重くないか、どうしても気にしてしまった。

本当はコマが人に化けて歩くのが、一番いいのだ。

「そんなこと気にしてるのか？　気にするところが間違ってるぞ」

将崇は周囲に聞こえないよう、ヒソヒソと、しかし、当然のように言った。

「俺がお前を運ばなきゃならないのは、お前の変化が下手くそだからだ」

「う、うう……そうですよね」

「だから、お前は自分の重さよりも、これからどうすれば上手く化けられるかを考えればいいんだぞ。それ以外に、考えなきゃいけないことなんて、ないんだぞ！」

将崇のほうをふり返ることができないので表情はよくわからなかった。

「俺の弟子だって名乗るなら、もっと努力してもらわなきゃ困るからな！」

ぶっきらぼうな言葉が、コマの胸に深く刺さる。

コマは将崇のことを師匠と呼んでいるけれど、変化の修練などしていない。上手くなりたいという気持ちがあるが、なにも努力していなかった。自分の怠慢を言い当てられている気がして、ドキリとしてしまう。

なにもしていないのに、上達しようなんて虫がいい。

コマは思わず、両耳をペショリと下げた。たぶん、尻尾も下がっている。

「あ！　かわいい！」

急に、声をかけられてコマはビックリした。電車に乗っていた小学生くらいの女の子が、コマに気づいたようだ。

将崇はサッと頭を撫でる振りをして、コマが動かないように固定する。コマもとっさに息を止めた。

ガタゴトと揺れる電車の音で、心臓のバクバクがかき消される。

「狐さん？」

女の子は無邪気な声音で将崇に話しかける。ちゃんと、コマを狐のぬいぐるみだと思ってくれているようだ。

安心するが、気は抜けない。

「あ、ああ……そうだぞ、ぬいぐるみだ！」

将崇はぎこちなく、コマの頭をクシャクシャと撫でる。ちょっとくすぐったくて、気持ちがいい。

「お兄さん、大きい男の子なのに、ぬいぐるみって変なの！」

「え、はあ⁉」

女の子に指摘されて、将崇は表情を引きつらせた。

たしかに、コマは「男子高校生が持ち歩くにしては可愛すぎるぬいぐるみ」である。そのことに、将崇もコマも、今の今まで思い至っていなかった。

「な、べ、別に！」

将崇は恥ずかしそうな声のまま、焦りを紛らわそうとして、コマの頭をグシャグシャ撫でる。頭がぐらぐら揺れて、コマは「あうっ」と言いそうになってしまう。必死で我慢するのも、大変だ。

「こ、こいつは、俺の……弟子、じゃない、そう！　お気に入りだ！　お気に入りだからな！　いいんだよ！　男とか女とか、関係ない！」

「ふうん？」

「いや、別に……その、お気に入りってほどでも、ないけど……！」

「変なお兄さん」

必死に誤魔化そうとしているのが伝わってくる。

女の子は将崇の返答が面白いのか、クスクスと笑っていた。コマから将崇の顔は見えないが、明らかな動揺が伝わった。

『終点、終点。松山市《まつやまし》駅、終点です。ご乗車のお客様は、お忘れ物のないように、おねがいします』

終点が近いことを告げる車内アナウンスが流れた。女の子が「バイバイ！」とコマと将崇に手をふりながら、離れた座席にいた両親のほうへと戻っていく。

将崇が「はあっ」と一息つく気配。

コマも肩の力を抜いて、思いっきり息を吸った。

実は、ずっと息を止めていたので苦しくて顔が青くなりかけていたのだ。気絶する前に助かってよかった。

「行くぞ」

将崇はコマに声をかけながら、リュックを持ちあげた。

コマは将崇とは背中あわせになる形で、背負われる。返事をする間もなく、視界がぐらり。トンットンッと整った。

路面電車を降りるころには、雨はやんでいた。

濃い灰色だった雲は所々薄くなっており、割れ目から光の柱が伸びている。こんな景色を見るのが久しぶりで、コマはぼんやりと空を眺めてしまう。

しかしながら、感激するのはそればかりではない。

松山市駅と言えば、松山市の中心部だ。周辺に商店街や繁華街もあり、最も人でにぎわう場所である。

大都会に比べると人口密度は少ないらしいが、コマにとっては、充分驚きに値した。

「わあ……」

行き交う車や人々。

目前にそびえる一番高いビルの上からは、大きな観覧車がこちらを覗き込んでいた。あれが、くるりんだ。なんだか、入道みたい。雲間から射す光の階段が、スポットライトのように、くるりんを照らしている。

すべての色が生き生きしている。

なにもかもが新鮮で、空気が澄んでいた。

コマは目立たないよう、口からいっぱい息を吸い込んでみる。美味しい。

「おい、今から髙島屋に入るぞ」

誰にも聞こえないように、将崇がつぶやいた。

コマはうなずかない代わりに、心得ていると言いたげに、リュック越しに将崇の背中をお尻で押す。

それにしても。

湯築屋を出るまでは、ぬいぐるみの振りをするという将崇の案は完璧だと思っていた。

だが、ここへ来て、コマは予想以上に自分たちが注目されているような気がしてならなかった。

男子高校生の見た目である将崇が、大きな狐のぬいぐるみをリュックに入れて歩いている様は、どうも、異様なようだ。すれ違う人が、みんな二人のほうをふり返った。そのたびに、コマは通行人と目があい、心臓が止まりそうになる。

緊張とスリルのせいか、ずっと心臓がドキドキと脈打っていた。息も止まりそう。

もしかすると、将崇も同じだろうか。

けれども、コマには確かめる術などなかった。

「着いたぞ」

エレベーターに乗って、最上階に辿り着く。

将崇は人目につかないところを選び、リュックを肩から降ろす。そして、コマを出した。

「いいか。俺が誰も来ないか見張っておいてやるから、しっかり変化するんだぞ。そうしたら、走って観覧車に乗り込むからな！」

将崇の指示に、コマは困り果ててしまう。

「え……でも、ウチ……」

おそらく、コマの変化が解ける前に観覧車に乗り込む算段だろう。

しかし、コマには自信がなかった。

先日の変化は三十秒ほどしかもっていない。走ったりなどして、変化が解けてしまわないかも心配だ。

そして、乗り込むときに人の姿に化けるということは、帰りも同じようにしなければならない。

変化が不得意なコマには、そんなミッションをやり遂げる自信はなかった。

「このまま、ぬいぐるみとして観覧車に乗るのは、駄目ですか？」

コマはすっかり弱気になって、提案してしまう。

ずっと、コマをぬいぐるみとして扱い、観覧車に乗ったほうがいいのではないか。コマが失敗する危険性を考えると、どうしてもうなずけなかった。

「お前だって、化け狐だろ？」

今更、なにを言っているんだ。

将崇の言葉は、そう聞こえた。

「俺の弟子を名乗りたいなら、しっかりしないと困るんだぞ！」

「う、うう……」

挑戦もせず、諦めるつもりか。

わかる。

言いたいことは、とてもわかっていた。コマだって、自分の言っているのが「逃げ」であることは重々承知している。

しかし、自信がなかった。

失敗したら、どうしよう。

師匠にも、迷惑がかかっちゃいます……。

そんなことばかりが頭をグルグルと巡った。

コマは化け狐として生まれた。四国では狸が幅を利かせており、狐は肩身が狭い。故に、化け狐たちは独自のコミュニティを形成していた。

将崇の住んでいた「里」に近いと思う。人が近寄らない山奥で、ひっそりと妖術の結界を張って暮らしていた。

そんな狐たちの楽しみは、人間の姿になって集落へ降りることだ。

誰が一番上手に化けられるか競った。中には、人間の中で生活したり、働いたりする狐もいたほどである。そうして、人間の食べるものや、嗜好品を持って帰った。

そんな場所において、コマのような化け狐は特異な存在だ。

周りはみんな化け狐。両親も化け術を得意とした。

それなのに、コマだけが上手く化けられない。いくら周りが説明しても、化け術のコツが少しもつかめなかったのだ。

だからといって、爪弾きにされたわけではない。

むしろ、みんなコマにはとても優しかった。

四国の化け狐のような狭い社会では、お互いに助けあっている。困った狐がいれば、わけ与えるのが常だった。

——あなたは、なにも気にしなくていいよ。

——ウチらに任せて、コマは無理せんでええよ。

コマはいつも、誰かからいろんなものを譲り受けていた。

だから、心苦しかったのだ。

みんなの迷惑になっている。誰もそんなことは言わなかったが、コマにはそれが重荷になっていた。

——ならば、此処で働いてみるか?

コマが初めて湯築屋を訪れたとき、そう持ちかけたのは、宿の主である稲荷神白夜命であった。

宿の者からは「シロ」という愛称で親しまれる稲荷神は、四国の化け狐たちにとっても縁深い存在であった。

そんな神が経営する宿屋で、コマは働かないか提案されたのだ。

周りから与えられ、恵まれるだけの存在だったコマでも、働ける場所がある。

それを知っただけでも、世界が変わった。

――……ウチでも、お役に立てますか？

――むしろ、役立ってもらわねば困る。

コマに「役立て」と言ってくれたのは、シロが初めてだ。

役立てる。いや、役立たなければならない。

他の化け狐たちの反対を押し切って、コマは湯築屋で働くこととなった。

あれから、もう四十年は経つ。

コマは湯築屋の従業員として働いているが、半人前。自分よりも、ずっと若い従業員たちのほうが優秀だ。

いつしか、化け術の練習もやめてしまった。

ウチ、四十年もなにしてたんでしょう……。

ふと、不安に襲われるときがある。

でも、行動する日は、ついに来なかった。

どうせ、やっても無理だ。

「お前、本当にそれでいいと思ってるのか？」

弱気になるコマに将崇は神妙な面持ちで諭した。

けれども、コマにはわかっている。きっと、上手くいかない。

将崇にも迷惑をかけてしまう。

彼は知らないかもしれないが、コマは本当になにもできないのだ。絶対に期待を裏切ってしまう。失望される。

「いや、俺はお前のために言っているわけじゃ、ないんだからな！　これは全部、俺のためなんだからな！」

将崇は急に顔を赤くして、咳払いした。

彼は頻繁にこういう顔をする。どうしてだろうと、コマはいつも不思議に思うばかりだ。

「お前をここまで運んだのだって、お、俺のためだ！　観覧車の無料券が勿体ないからな！　お前のためなんかじゃないんだぞ、勘違いするなよ！」

言葉を重ねるたびに、将崇の顔が真っ赤になっていく。

「お前に、今こうやって変化しろって言ってるのだって、練習とか訓練とか、そんな理由じゃないんだからな！　俺が観覧車にぬいぐるみと一緒に乗るような寂しい男だって、思われたくないだけなんだぞ！　俺のために、変化しろって言ってるんだからな！」

将崇のために。

コマはハッと息を呑んだ。

「師匠のため、ですか？」

「あ、いや……俺だって師匠として、ちゃんとお前のことも考えて――」

「やりますっ！　ウチ、がんばります！」

将崇はなにか言い直そうとしたようだが、コマはフンッと気合いを入れて遮った。

「ウチ、お役に立ちますっ！　師匠が一人で観覧車に乗る寂しい男だと思われないように、がんばりますっ！」

「お、おう……!?」

将崇の返事は歯切れが悪いように思われたが、気にしない。

これはコマのためではない。

将崇のためなのだ。

そう思った瞬間に、なんだか、力がわいてくる。

「こんこんこん　おいなり　こんこんこんっ！」

コマは威勢よくかけ声を口にした。足元からモクモクと煙があがり、視界が一気に白くなった。その中でピョンッと飛ぶと、自分の身体が大きくなって、四肢が伸びていく感覚。

クルンッと宙返り。

タッ！　と、両足をつくことができた。宙返りが成功したのは、初めてかもしれない。

「できました、師匠っ！」

煙が晴れて、自分の手足を確認した。

ちゃんと人間の掌が見える。

足にはスニーカー。服装は灰色のパーカに、カーキのホットパンツ。肩かけの小さなショルダーバッグもさがっていた。

うなじでポニーテールがクルンッと跳ねる。

今日、九十九が着ていた服装がそのまま再現できていた。

「完璧ですかっ？」

コマは成功を確信し、将崇に問う。

「あ……おう……可愛い……」

将崇はコマを見つめて、口を半開きにして呆けている。どうしてしまったのだろう。

変化は成功したが、長くはもたないだろう。

コマは急いで将崇の手をつかんだ。

「行きましょう、師匠っ！」

コマに手を握られて、将崇は「うぇっ⁉」と、驚きを隠せない様子だった。

時間がないので気にせず、コマは走り出す。湯築屋では、あまり走ってはいけないのだが、今はそういう場合でもない。

無料券があるため、券売機は無視する。

「あそこですかっ？」

コマは自分の声が九十九に似ていることを感じながら、将崇に問う。示した指の先には、受付と思しき女の人が立っていた。

「たぶん！」

将崇は慌ててポケットから無料券を二枚取り出した。

「危ないので走らないでください」

受付の制止を振り切るように、将崇は無料券を押しつける。

しかし、

「え、なんだこれ⁉」

困惑したのは、将崇だった。

入り口を潜ると、見あげるほど大きな観覧車のホイール。そして、ゴンドラが回っている。

しかし、困ったことに、ゆっくりだがゴンドラがずっと動いている。将崇たちが乗り込もうとしても、止まる気配がなかった。

「し、師匠……これ、どうやって乗るんですかっ！」

「そ、そんなこと……爺様《じじさま》に聞いたことなかった」

ずっと動いているゴンドラに乗り込む方法がわからず、人間に化けた狸と狐は呆然と立ち尽くしてしまう。

すると、受付の女の人が、にこやかな表情を浮かべながらゴンドラに近づく。

そして、ゴンドラの扉を開けた。

「では、お足元にお気をつけください」

「え？」

「は？」

コマも将崇も、目が点になった。

「このまま、乗るんですかっ⁉」

動いたままのゴンドラに、直接乗り込むなんて！

それは危なくないだろうか。大丈夫だろうか。コマはあわあわと口を震わせた。

「おい、お前！　耳！」

「ふぇ⁉」

将崇に指摘されて、コマは急いで頭の上を押さえる。狐の耳が生えてきていた。変化が解けかけている。そろそろ限界のようだ。

乗るしかない。

覚悟を決めなくては。

将崇がゆっくりとゴンドラに足をかけた。まずは右足、次いで、左足。

「……ふう。早く来い」

息をついたあとに、将崇はコマに手を差し出してくれた。

コマはとっさに、その手をとる。

将崇が握り返した力は、存外強かった。グッと引き寄せられる感覚と共に、一歩、二歩と前に出て……ゴンドラへと入る。

躓《つまず》くこともなく、難なく両足がついていた。

「それでは、ごゆっくり！」

女の人がニコニコと手をふりながら、扉を閉めてくれる。

二人きりになって、フッと気が抜けた。

その瞬間に、ポンッと音がして、もくもくと煙が立ちのぼる。

「はあ……っ、疲れましたぁ……」

コマは狐の姿に戻り、ぐったりと椅子にもたれた。変化に慣れた将崇でさえも、疲れた表情で「ああ、うん」と言っている。

これを帰りもしなくてはならないと思うと、ちょっと気が重かった。

「でも、楽しいですっ」

疲れたけれど、楽しい。

いつの間にか、コマはクスクスと笑っていた。

「お前なぁ……俺の苦労をなんだと思ってるんだよ」

隣に座る将崇は違うのだろうか。ぶっきらぼうに言い捨てていた。

だが、顔が緩んでいる。

「ウチ、師匠のお役に立てましたか？」

少しばかり不安になって、聞いてみた。

将崇は、「え？」と顔をしかめる。コマに聞かれるまで、そんなことなど考えていなかったようだ。

「当たり前だろ」

けれども、間を置かずに、そう言ってくれた。

将崇は恥ずかしそうに視線を逸らす。

「あ」

将崇に促されて、コマも同じ方向を向いてみた。

「わあっ！」

雨上がりの松山市を一望する景色。

たくさんの建物が並ぶ様。小高い山の上には、白い天守の松山城が見えていた。雲間から射し込む光の柱がキラキラと、現代の城下町を照らす。

そして、視界の端から端までおさまり切らないほど大きな虹が架かっていた。

透き通った虹の七色は、それでも鮮やかに思える。

虹を見るなんて、何十年ぶりだろう。

「すっごく綺麗ですね、師匠っ！」

コマは思わず将崇の膝の上を乗り越えて、窓にペタリと張りついた。

「そ、そうだな……！」

将崇を見あげると、やはり顔が赤い。いつものことのような気がするので、心配しなくてもいいのかもしれない。

「あと、師匠」

自然と、お尻の尻尾が左右に揺れる。

「ウチ、今日連れてきてもらって、よかったです……師匠の役に立てただけじゃなくて、ウチも楽しかったんです」

コマが笑うと、将崇も釣られたように笑ってくれた。彼がこんなに素直に笑う姿なんて、あまり見ない。

「そっか」

将崇は素っ気なく言った。

けれど、どこか優しい。

持ちあがった右手が、おもむろにコマの頭をよしよしと撫でる。堪らなく嬉しくなった。

褒めてくれている。

尻尾がクイクイッと揺れた。

コマは両頬に手を当てて、「ふふふ」と声を漏らしてしまう。

撫でられるのは好きだ。

湯築屋の人々も、よくコマを撫でてくれる。撫でられていると、褒めてもらえている、役に立ったという実感がわく。

「師匠っ！」

コマはつい感極まって、将崇の胸に飛び込んだ。

「な、な、なんだ⁉」

将崇は驚いて、狼狽《ろうばい》の声をあげる。コマは気にせず、将崇のパーカに顔をすりすりと押しつけた。

「ありがとうございますっ！」

「は⁉　お、おう⁉」

「うふふ」

「お前、馬鹿じゃないのか。離れろ！　そろそろ、一周終わるぞ！」

観覧車で一周したら、降りなければならない。そのときは、また人間の姿に化けるのだ。そして、ぬいぐるみの振りをして、ロイズのポテトチップチョコレートを買って湯築屋へ帰る。午後からは、湯築屋の従業員としてお客様をおもてなしするのだ。

今日は楽しかった。

いつも通りの日常に、ちょっとした彩り。

いつか、また将崇と一緒に外を歩いてみたい。

ちゃんと上手に化けられるようになって、いろいろな場所を見に行きたいとコマは思うのだった。

終.　小さな幸せを

お客様の訪れは嬉しいものだ。

だからといって、お帰りが寂しいというわけではない。

「ありがとうございました、またのご来館をお待ちしております」

九十九はていねいに頭を下げた。

「ふむ、ご苦労であった」

ピョコンとボールのように、白いモフモフが跳ねる。

ケサランパサランは将崇の頭の上に飛び乗り、不遜な態度で述べた。人の姿のまま、将崇は迷惑そうにケサランパサランを睨む。

「お前、俺を荷物持ちだと思ってるだろ！」

「荷物持ちとは、朕に失礼だとは思わぬか？　お前は朕の足であるぞ」

「俺には失礼だと思わないのか⁉」

ケサランパサランはどこ吹く風で、フンッと将崇の訴えを無視していた。

あいかわらずの様子に、九十九は苦笑いする。

「稲荷神の巫女よ」

ケサランパサランが上から見下ろすように、九十九に呼びかける。

「朕の毛は可愛いであろう？」

「へ？」

一瞬、なんのことかわからなかった。

やがて、九十九はケサランパサランからもらった綿毛の話だと思い至る。たしかに、あの綿毛は可愛いが……ケサランパサラン自身が、毛の塊のようなものなので、意味が伝わりにくかった。

ケサランパサランからもらった綿毛は、きちんと保管してある。

一応、桐の箱に白粉と一緒に入れていた。中は確認していないので、伝承通りに増えているかどうかは、わからない。

「まあ、あとで見ておくことだな」

ケサランパサランはフンと鼻を鳴らして、将崇の頭の上で丸まった。耳も目も隠れてしまい、ただの綿毛状態である。

こうなると、将崇の頭の上に、綿あめが載っているようにしか見えない。

「ケサランパサラン様、師匠、またのお越しをお待ちしております」

九十九の隣で、コマも頭を下げた。

将崇はケサランパサランと違って、ずっと宿泊していたわけではない。しかし、コマとは仲よくしているようだ。

昨日も、二人でくるりんに乗ったと聞いている。コマが嬉しそうに、将崇との冒険を語っていたので、とても楽しかったことがうかがえた。

いつか、自分も将崇のように上手く化けて、もっといろんな場所へ行きたいと話している。

「ちゃんと練習しておけよ」

「はいっ！」

コマは気合いたっぷりの返事をして、着物の袖をまくった。

変化《へんげ》が苦手で、あんなに嫌がっていたのに……出会いは人を変える。それは狐だって同じだろう。

将崇との出会いは、コマにとって確実にプラスであると九十九は確信した。

「では、さらばである……狸の孫よ、朕をしっかり運ぶのだぞ」

「都合よく使うな！」

ケサランパサランはスルリと将崇のリュックへと滑り込んだ。ペタンコだったリュックが、ケサランパサランの質量で丸みを帯びる。

来館時と同じく、ケサランパサランは将崇に運ばれて里へ帰るようだ。

将崇は「じゃあな……また」と、ちょっと小さめの声で言って玄関を出る。

九十九はモフモフのお客様たちに、ていねいに頭を下げてお見送りした。コマも同じように、お尻をクイッとあげてお辞儀をしている。

本日、お帰りのお客様は、もう一人いた。

基本的に、湯築屋にはホテルのように、チェックアウト時間は設けられていない。お客様の好きな時間に帰っていただくのが常だった。

そもそも、ほとんど満室になることがない。システマチックに、掃除などを効率化する必要がなかった。いざとなれば、客室の片づけもシロが指先一つで終わらせてしまう。

普段から、もっとシロが働けば楽になるのにと常々思っている。

伊波礼毘古のお帰りは、ケサランパサランよりもだいぶ遅れて夕方の予定であった。昼食も湯築屋で摂ることを希望している。

九十九は膳を部屋まで運んだ。

「やめておいたほうがよくてよ？　十中八九、却下されますし」

部屋の襖を開けようと、膳をいったん置く。すると、中から話し声が聞こえてきた。

どうやら、天照が一緒にいるようだ。

九十九は、なんとなく入ることができなくて、悪いことだと思いながら聞き耳を立ててしまった。会話の区切りがつかないと、どうにも割り込みにくい。

『しかしながら、納得いかぬことよ』

伊波礼毘古の傀儡の声だった。

口調に違和感があると思ったのは、敬語ではないからだろう。あれは、シロや九十九に対してだけのようだ。

天照は日本神話の太陽神である。稲荷神であるシロなどより、よほど、古い神のはずだが……。

『斯様な結界。まるで、檻ではないか』

結界？　湯築屋の結界？

檻とは、どういう意味だろう。

ずっと聞いているつもりはないのだが、思わず、前のめりになってしまった。

『……失礼』

急に、顔の横を風が走る。

それが素早く開いた襖の動きだと気づいたときには、九十九の身体はうしろに向けてバランスを崩すところであった。

見苦しく尻餅をついてしまう。

「あ……」

伊波礼毘古が、こちらを見下ろしていた。

厳めしい顔つきの視線に、九十九は息ができない。

傀儡であるとわかっているが、そこには確かに神々と同じ威厳があった。神々が畏怖の対象となってきた所以《ゆえん》を、身をもって理解させる圧である。

お客様と接するのは楽しい。大好きだ。

しかし、時折、心底恐ろしいと感じる瞬間もあった。

伊波礼毘古は、膝を折って身を屈める。

『ありがとうございます』

彼はそう言って、九十九が持ってきた膳をスッと持ちあげた。

表情は快活で、とても穏やかな声が漏れている。先ほどまでの圧は、まったく感じられない。

気のせい……だとは思わなかった。

『配膳は、此処までで充分です。空いた膳は厨房へお戻しします』

「あ……はい」

九十九はうなずくほかなかった。

部屋の中をサッと確認すると、天照が口角をあげてこちらを見ている。隅には、黒い影も座っていた。

伊波礼毘古は膳を持ったまま、部屋の中へ。そして、襖を閉めてしまった。

九十九は止まっていた息を整えて、なんとか立ちあがる。まだ心臓の音が少し大きい。何度も深呼吸をするうちに、ドクドクという音が小さくなっていく。

神は人の味方ばかりであるとは、限らない。

シロに言われたことがある。

幼いころから神々と接している九十九には、その意識は希薄であった。だからこそ、見誤ってしまうのではないかと怖ろしくなるのだ。

「………………」

ちょっと休憩して、気持ちを落ち着けよう。

九十九はのろのろと、母屋のほうへと向かった。ふと、ケサランパサランから綿毛を確認するよう言われたことを思い出したのだ。

気分転換には、いいかもしれない。

母屋にある自分の部屋へと。

本棚の一角に置かれた、桐の箱を手にとった。

「あ……」

幸運を引き寄せるケサランパサランの綿毛は、桐の箱の中にきちんとおさまっていた。食べているのかわからないが、少しだけ白粉が減っているようにも思える。

最初、綿毛は一つだった。

しかし、桐の箱に綿毛は三つになっている。

増えたのだ。白粉を与えると増えるという伝承は本当だった。九十九は嬉しくなって、綿毛を指で突いてみる。

「あ！」

そのうちの一つが、桐の箱からピョンッと跳び出した。まるで、ケサランパサランが跳ねるときの動きだ。

ピョン、ポヨン、ポヨン……パチンッ。

動物のように何度か跳ねたあとに、綿毛は弾けるように消えてしまう。

「え？」

綿毛が消失した場所を、九十九は何十秒も凝視した。手元の桐箱を確認するが、他の綿毛は少しも動き出さない。

これって、どういうことだろう。

考えている間に、背後に嫌な予感と気配を感じた。

「九・十・九！」

「来ると思ってました……！」

唐突に現れ、後方から抱きしめようとするシロ。

九十九は即座に反応した。というより、身体が自然とそういう風に動く。流れるような所作で拳をグッと握り、自分の肘に力を込めた。

「ぐッ……⁉」

うしろへ突き出した肘関節《ちゅう》が、シロの腹部に入る。手応えはあった。

九十九がふり返ると、シロはお腹を押さえて前屈みになった。痛そうではあるが、甘んじて受けたのだ。きっと、大丈夫だろう。

「シロ様、急に襲ってこないでください」

「襲っただと？　儂は九十九を抱きしめようとしただけだ。そうしたら、九十九に襲われたのだ！」

「こういうのは、正当防衛っていうので大丈夫なんです。刑事ドラマで、よく使ってますよね？」

「ぐ……！」

不審者を見るのと同じような視線を向けてやる。シロは納得がいかないと言いたげに、奥歯を噛んでいた。

両手をパッパッと払いながら、九十九は妙な気分になった。

あれ、楽しい？

そういえば、こんな風にシロと接するのは久しぶりだ。

ベタベタと無駄にスキンシップを求められるのは嫌なはずなのに……心のどこかで、ホッとするのだ。

以前から、こんな気持ちになっていただろうか？　随分と昔のことのような気がして、全然思い出すことができなかった。

何気なくて、他愛ない。

なんだか、ちょっと心が温かい。

そんな日常。

◆この作品はフィクションです。
実在の人物、団体などには一切関係ありません。

双葉文庫

た-50-03

道後温泉《どうごおんせん》 湯築屋《ゆづきや》❸

今宵《こよい》、神様《かみさま》のお宿《やど》は月《つき》が綺麗《きれい》ですね

2019年7月14日　第1刷発行

【著者】
田井ノエル《たいのえる》

【発行者】
島野浩二
【発行所】
株式会社双葉社
〒162-8540 東京都新宿区東五軒町3番28号
[電話] 03-5261-4818(営業)　03-5261-4851(編集)
www.futabasha.co.jp
(双葉社の書籍・コミックが買えます)
【印刷所】
中央精版印刷株式会社
【製本所】
中央精版印刷株式会社

【表紙・扉絵】南伸坊
【フォーマット・デザイン】日下潤一
【フォーマットデジタル印字】恒和プロセス

落丁・乱丁の場合は送料双葉社負担でお取り替えいたします。
「製作部」宛にお送りください。
ただし、古書店で購入したものについてはお取り替えできません。
[電話] 03-5261-4822(製作部)

ISBN978-4-575-52244-0 C0193
Printed in Japan

FUTABA BUNKO

神様たちのお伊勢参り
竹村優希
恋人も仕事も失い、伊勢神宮に神頼みにやってきた谷原芽衣。事もあろうか、駅から内宮に向かう途中に有り金を盗られた芽衣は、泥棒を追いかけて迷い込んだ内宮の裏の山中で謎の青年・天と出会う。一文無しで帰る家もないこともあり、天の経営する宿『やおろず』で働くことになった芽衣だが、予約帳に載っているのは市杵島姫や磐鹿六雁など聞きなれない名前ばかり。なんと『やおろず』は、お伊勢参りにやってくる日本中の神様御用達のお宿だった⁉

発行・株式会社　双葉社

FUTABA BUNKO

神様の棲《す》む診療所
竹村優希
東京の大学病院で働いていた比嘉篤は、父親の診療所を継ぐために8年ぶりに沖縄に帰った。患者は元気なおばぁだけ、という毎日に辟易としていたある日、診療所に朱色の髪をした裸足の子供がやって来た。子供は篤のことを知っているようだが、篤に記憶はない。診療所に入り浸っている謎の青年・宮城獅道は、その子は庭の枯れかけたカジュマルの木に棲む精霊・キジムナーだと言うが――南の島の神様や精霊たちとの交流を描いた、心温まる物語。

発行・株式会社　双葉社

FUTABA BUNKO

Mai Mochizuki
望月麻衣

京都烏丸《からすま》御池《おいけ》のお祓《はら》い本舗《ほんぽ》

会社をリストラされた木崎朋美がレトロなBARで出会ったのは、ジョニー・デップさながらの弁護士・城之内隆一。その場でスカウトされ、彼の事務所に勤めることになった朋美だが、来るのは〝猫探し〟や〝ストーカー退治〟など、奇妙な依頼ばかり。抜群にイイ男なのに、普段は残念な京男子・ジョー先生と、絶世の美少年高校生・海斗君に囲まれた事務所の本業は〝お祓い〟だった!? 望月麻衣、待望の新シリーズ!

発行・株式会社　双葉社